瑞金方言

羅肇錦著

臺灣學生書局 印行

自　序

　　漢語方言研究，是古今文化連接應用的重點，從高層次看，有很積極的社會語言學的意義，因為沒有漢語方言，我們就無法將古籍做很真確的詮釋，沒有漢語方言，我們的文化承傳將從此中斷。因此，十多年來，海內外語言學者無不特別重視漢語方言的研究，希望藉這些研究成果，替漢文化注入新的觀念，替漢文化做縱的連續，當然也替古文化提供許多有力的論證。

　　譬如一直懸宕難解的「唧唧」一詞，在《木蘭辭》中，到底是「織布機」的聲音，還是「嘆息聲」才對？歷代爭論很多。原因是，如果解成「織布機」聲音，那麼「不聞」機杼聲，「唯聞」女嘆息，豈不是自相矛盾，如解釋成「嘆息」，那麼又跟現實語言中的嘆息聲不符合，試想有誰的嘆息聲是「唧唧復唧唧」的。後來又有人引用白居易《琵琶行》中「我聞琵琶已嘆息，又聞此語重唧唧」，或者孟郊《吊盧殷》中「唧唧復唧唧，千古一月夜；新新復新新，千古復花香。」證明「唧唧」應該是嘆息聲。雖然證據很充分，但仍無法說明為何嘆息是唧唧聲。這個困惑癥結在於大家都從「官話」（國語）的立場出發，所以無法接受 tɕi tɕi 這種嘆息聲，如果我們從方言出發「唧唧」唸成 tsit tsit，是入聲字，與一般人心情煩躁不自覺的發出 tsit tsit 的聲音（類似嘖嘖聲）相符合，就不會覺得奇怪了。如果從客家話證據出發，客家話常責怪人心情不好「歸日（整天）tsit tsit tsut tsut」，這個 tsit tsit 與「唧唧」若合符節，問題就迎双而解了。加上客家話是東晉後南遷，唐末宋初定名的方言，正好與《木蘭辭》的時代吻合，於是「唧唧復唧唧，木蘭當戶織；不聞機杼聲，唯聞女嘆息」我們就可以很肯定的說「唧唧」就是嘆息聲了。

像這樣的證據，可以幫助我們了解古文物，解釋古詩詞…，在各地方言中俯拾即是。只要肯於深入研究各地方言，就會有意想不到的收穫。因此，我們研究方言，務必在這方面給予肯定，其餘的語音變化，訊彙結構，語法差異才有它存在的價值。

基於以上的啓示，所以我在 1975 年開始進行漢語方言的蒐集和探討，這本《瑞金方言》就是我對漢語方言研究的初步嚐試之作，當時選這個方言當研究題目，主要是因為我本身是客家人，而「瑞金話」也是客家話的一種，所以希望藉著對瑞金話的了解，更深入的去解釋客家人的流動遷徙，以及客家話的變化互動。

論文完成於 1977 年，因為找不到合適的地方及時機出版，所以一直都只有手稿本留存在學校及師友手中，時光荏苒，一晃又過了十有二年，承學生書局美意，收入《中國語言學叢刊》，付印出版。由於是我的第一本漢語方言著作，粗陋錯誤之處一定很多，還請關心漢語方言的前輩朋友們，給予指正。

羅肇錦　序於永和

一九八九年十月十八日

目　　錄

壹 前 言

瑞金縣，在漢時屬雩都縣地，因產金有名，故唐時析雩都縣象湖為瑞金監，這是瑞金名稱的由來。到南唐時，又以瑞金監為瑞金縣，隸屬於虔州昭信軍，瑞金立縣由此開始。宋時，改虔州為贛州，元初屬贛州路，大德元年改屬會昌州，明初還屬贛州府。清乾隆改隸寧都直隸州，民國成立，屬贛南道，後改屬江西省第八行政區❶。

瑞金位於江西東南隅，隔武夷山與福建長汀相對。長汀是客家重鎮，瑞金人與長汀的客家人往來甚密，無論民情風尚或語言現象都與長汀有不可分的關係。據瑞金文獻 ❷ 的記載說："瑞金人是從粵東北及閩西遷來的客人，從唐末迄今約一千一百年。瑞金人觀念中一直把粵東北及閩西當作老家，他們的子女出生後，大都用"廣東子""廣東妹""汀州子""汀州妹"作乳名，以示不忘本。南昌雖為省垣所在地，但邑人對它甚為陌生。汀州、嘉應州（今梅縣）雖屬外省，而邑人對它們却甚感親切，過往甚密。這雖與空間距離有關，但語言的同異實為主要因素。瑞金話和南昌話差別很大，一個不會說普通話的瑞金人到南昌，由於語言隔閡在在都不方便；相反的，如果前往汀州和嘉應州，便有賓至如歸之感，這都是語言習尚相同的緣故。"這一段話清楚地表明了瑞金人在民情風尚及語言現象上都脫不開客家的本質。

為了進一步瞭解瑞金語言的系統及其與贛語、客語的異同，本文先從瑞金語言結構做詳細的描寫，以後再拿它來和客語及贛語做個比較，並且分析它們的文白差異，以及與中古演變至今的關係。李方桂先生劃分中國方言為北方官話、下江官話、西南官話、吳話、贛客家、閩語、粵語、獨立方言（安徽南部、湖南、廣西東北）等八大區❸。其中贛客家雖然為同區，但又認為環都陽湖一帶為贛語區，贛南及廣東一帶為客語區。從這個區分看來，贛語和客語是可合又可分的兩個方言，而瑞金恰好是這兩區的過渡方言，是道道地地的贛客家。本文就試從瑞金語音上的分析，找出特點，再以此特點作為討論瑞金話語音歸屬的根據。本來一個方言的研究應該包括語音、語法及語彙三方面才能得到完整的語言特徵，但限於時間與材料，本文僅從語音著手做系統的分析，至於贛客音比較及語彙、語法的分析比較只有“俟諸來日”了。

為了對贛客的區分有更清楚的概念，現在把瑞金附近贛客語分布的情形圖示如下頁：

附　　註

❶　見江西通志卷五地理沿革表。

❷　見瑞金文獻創刊號，1974，12，劉繩逢邑人來源及其生活習尚。

❸　Fang–Kui Li , Languages and dialects of China 1973. P3–5。

江西贛客語區域分佈圖

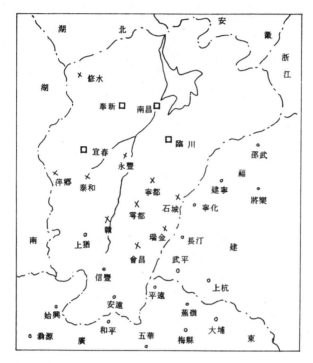

說　明：

Ⓐ○：代表純客語城鎮。

　×：代表贛客混雜。

　□：代表純贛語區。

Ⓑ純客語及贛客混合區是根據楊福棉的「中國境內客家分布圖」（Elements of Hakka Dialectology 1967），以及橋本萬太郎的客家分布（The Hakka Dialect，1973，P 7 Distribution of the Hakkas）。

Ⓒ純贛語部分，今調查較完整的只有南昌（楊時逢「史語所集刊第三十九本」頁 125 — 204，1969）、奉新（余直夫「奉新音系」藝文印書館，1975）、臨川（羅常培「臨川音系」史語所單刊之十七，1940）以及宜春（袁家華「漢語方言概要」第 128 頁，1960）四處。所以表中只列有材料根據的四個地方。

貳　記音經過及發音人

一　記音經過

　　我國幅員廣大，人口衆多，因而各地方言的差異也很大。以前聽到外地人說他們的方言時，只覺得怪腔怪調而已；自從選習"漢語方言學"以後，對別人說話的口音就變得特別敏感，每當聽到特殊的方言，便興起追問說話人的衝動。

　　因爲筆者本身是說梅縣客語的，所以在一個偶然的機會裡，聽到這種像客語又不像客語的瑞金話時，立刻引起探求到底的興趣。於是，就在這種好奇心的驅使下輾轉認識了發音人——楊鏡如老先生，開始了我的記音工作。

　　第一次拜訪發音人是一九七五年十月，他很親切地告訴我他們家鄉（瑞金）的情形，並強調他們是客家人。當我用我自己的客家話問他一些常用字彙時他都可以懂，但他用瑞金話回答我時，我却似懂非懂。這個特殊情況使我想到，這可能因爲梅縣話是客家話的普通話，所以人人都懂，而其他客家話不及梅縣話普遍，因此，以一個只會說梅縣客家話的人而言，聽了瑞金話自然是似懂非懂了。

　　從那次以後，便展開了一系列的探求工作。首先，我以苗栗縣志裏的方言詞彙❶來發問，發現它們之間有相合及不盡相同的地方❷。其後，又摘記羅翽雲客方言❸裏的語彙，情況也是大同小異，爲了做一次澈底的探究，就決定以瑞金方言當做研究的題目。

一九七六年三月開始了記音工作。記初是記常用字彙及謎語歌謠來做簡單的語音分析。同年七月更住在發音人家裏兩個月，除了"審音韻，定調值"以外，又記了一部份方言調查字表❹裏的單字，從字表裡得到不少文白異讀的字音。接著又記了方言調查簡表❺的特殊字詞及語句。

十二月，又從方言詞彙調查手冊❻抽記一些以前所漏記的字詞及瑞金文獻所錄的鄉諺❼直到十二月底才算完成所有的記音工作。

一九七七年一月，開始著手撰寫本文，行文期間發現有疑問及疏漏的地方，即刻又向發音人討教。初稿完成已是四月下旬，經過一番審查，仍發現有許多不妥之處，於是又再度向發音人請教，所幸都能得到滿意的解答，使我得以如期完成這個複雜的工作。

二　發音人

楊鏡如先生，字玉明，江西省瑞金縣象湖鎮珠蘭廈人，民前四年生，入私塾，稍長就讀於瑞金正心初等小學，畢業後入瑞金西楊高等小學就讀，卒業後考入福建汀州公立師範（校址在福建長汀縣），其後返江西私立豫章法政專門學校攻讀法律，畢業後服務瑞金縣府，至三十八年隨政府遷台迄今。由於生活環境的影

響，楊先生除了瑞金話以外，還會說國語，長汀話（客語方言）
，也略懂閩南語和廣東話。

附　註

❶　見苗栗縣志卷二人文志，語言篇，第四章方言詞彙，第 97 － 158 頁
　，1969 。

❷　例如 "鷄" 都唸／ｋｉｅ┐／，"公鷄" 都唸／ｋｉｅ┘ｋｕŋ╱／（
　鷄公），而 "母鷄" 苗栗唸／ｋｉｅ╱ｍａ┘／（鷄嬤），瑞金唸
　／ｋｉｅ╱ｐ'ɔ┘／（鷄婆）。

❸　羅翽雲，客方言，1922 ，中山大學國學院叢書。

❹　方言調查字表，1970 ，普林斯頓。

❺　方言調查簡表，1966 ，語文出版社語彙語法部分。

❻　方言詞彙調查手冊（Handbook of Chinese Dialect Vocabuary
　）普林斯頓1972 。

❼　瑞金文獻創刊號，1974 ，瑞金鄉諺第 19 － 27 頁 。

叁 語音描寫

　　瑞金方言包括 21 個聲母，8 個主要元音，2 個介音，2 個陽聲韻尾，2 個入聲韻尾。今將各音之音值描寫如下：

一 聲 母

/ p	p'	m	fv	
t	t'	n		l
ts	ts'		s	
tɕ	tɕ'	ȵ	ɕ	
k	k'	ŋ	h	
ø				/ ⑫

(一) ／ø／代表零聲母，也就是以元音起音的母音。

(二) 上表中所有輔音都可以出現在音節首作聲母，同時又可以出現在音節尾作韻尾輔音的只有／n／／ŋ／／t／／k／四個而已。

(三) ／p，p'／，／t，t'／，／k，k'／ 三組塞音分別為雙唇、舌尖與舌根。例如：

　　／p／≠／t／≠／k／：把／pɑ」／≠打／tɑ」／≠假／kɑ」／

　　／p'／≠／t'／≠／k'／：跑／p'ɔ」／≠討／t'ɔ」／

$\doteqdot$考／k'ɔ」／

(四)　／p／與／p'／，／t／與／t'／，／k／與／k'／，

／ts／與／ts'／四組音位中前後兩音位的差別是前者不送

氣而後者送氣。例如：

　　／p／$\doteqdot$／p'／：布／pu ↘／$\doteqdot$步／p'u ↘／

　　／t／$\doteqdot$／t'／：多／to ㄱ／$\doteqdot$拖／t'o ㄱ／

　　／k／$\doteqdot$／k'／：姑／ku ㄱ／$\doteqdot$枯／k'u ㄱ／

　　／ts／$\doteqdot$／ts'／：注／tsu ↘／$\doteqdot$醋／ts'u ↘／

(五)　／ts, ts'／與／tɕ, tɕ'／分別是舌尖與舌面的塞擦

音，阻塞的成分很弱，但與／s／／ɕ／仍有顯著的不同。

而且／ts, ts', s／除了少數字如" 剩，盛 "／sin↘／

／以外，後面只接洪音及／ㄧ／，／tɕ, tɕ', ɕ／只接

細音。例如：

　　／ts／$\doteqdot$／ts'／$\doteqdot$／s／：志／tsㄧ ↘／$\doteqdot$自

／ts'ㄧ↘／$\doteqdot$世／sㄧ ↘／

　　／tɕ／$\doteqdot$／tɕ'／$\doteqdot$／ɕ／：酒／tɕiu」／$\doteqdot$

娶／tɕ'iu」／$\doteqdot$許／ɕiu 」／

(六)　／k, k'／是舌根塞音，／h／是喉擦音，三個聲母中除了

" 鷄 "／kie ㄱ／，" 脚 "／kiok 」／兩字以外，後面

只接洪音。例如：

　　／k／$\doteqdot$／k'／$\doteqdot$／h／：告／kɔ ↘／$\doteqdot$ 靠／k'ɔ↘／

$\doteqdot$皓／hɔ ↘／

(七)　／m, n, ȵ, ŋ／分別是雙唇、舌尖、舌面、舌根鼻音。

其中／m／同時出現在洪音及細音前；／n／除了" 溺 "

／ nit ˥ ／ "凝""寧"／ nin 」／ 三字以外，只出現在洪音前；／ ȵ ／只出現在細音前：／ ŋ ／只出現在洪音之前。例如：

／ m ／≒／ n ／≒／ ŋ ／：磨／ mo ˘／≒糯／ no ˘／餓／ ŋo ˘／

／ m ／≒／ n ／≒／ ȵ ／：明／ min ˊ／≒寧／ nin ˊ／≒人／ ȵin ˊ／

(八)　／ f，s，ɕ，h ／都是清擦音，／ f ／爲唇齒音，／ s ／爲舌尖音，／ ɕ ／爲舌面音，／ h ／爲喉音。其中／ s ／只有"剩，盛"兩字接細音，其他與／ f，h ／一樣都不接細音，／ ɕ ／則只接細音。例如：

／ f ／≒／ s ／≒／ h ／：樺／ fɑ ˊ／≒蛇／ sɑ ˊ／≒蝦／ hɑ ˊ／

／ s ／≒／ ɕ ／：盛／ sin ˘／≒信／ ɕin ˘／

(九)　／ f ／／ v ／都是唇齒擦音，前者爲清音，後者爲濁音。例如：

／ f ／≒／ v ／：夫／ fu ˥／≒烏／ vu ˥／

(十)　／ n ／／ l ／都是濁音，／ n ／爲舌尖鼻音，／ l ／爲邊音。例如：

／ n ／≒／ l ／：怒／ nu ˘／≒路／ lu ˘／

(土)　從(五)、(六)、(七)的說明顯示，／ tɕ，tɕ'，ȵ，ɕ ／只出現在細音／ i ／之前（瑞金無撮口音／ y ／），而／ ts，ts'，n，s ／只出現在洪音之前，規律是：

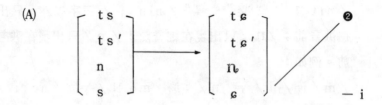

從規律(A)看來，／tɕ，tɕ'，n̠，ɕ／似乎可以併入
／ts，ts'，n，s／爲一組音位。但是，／k，k'，
ŋ，h／也只出現在洪音之前，與／tɕ，tɕ'，n̠，ɕ／
出現在細音／i／之前也成互輔分配（Complementary
distribution），規律是：

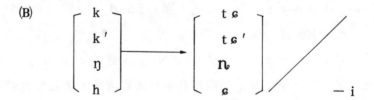

從規律(B)看來，／tɕ，tɕ'，n̠，ɕ／似乎又可以併入
／k，k'，ŋ，h／爲一組音位。衡量這三組聲母的語境
（condition），只有把三組歸成一組才不致顧此失彼。
然而，如此歸併以後，ts 組及 k 組接洪音的部分又無法區
別了。加以／nit ˥ ／（溺）≒／n̠it ˥ ／（入），
／nin ˀ ／（凝、寧）≒／n̠in ˀ ／（人，仍），
／sin ˅ ／（盛，剩）≒／ɕin ˅ ／（信，性）等例外
破壞了規律(A)，使／tɕ，tɕ'，n̠，ɕ／歸入／ts，ts'

n，s／後產生衝突的現象。而"鷄"／kie ㄱ／和"脚"／kiok」／，"叫"／kiɔ ㄉ／三字又破壞了規律(B)，使／tɕ，tɕ'，ȵ，ɕ／也無法圓滿地歸入／k，k'，ŋ，h／。在此兩難的情形下，歸入任何一組都會造成描寫上的困擾，因此本文將／ts，ts'，n，s／、／tɕ，tɕ'，ȵ，ɕ／、／k，k'，ŋ，h／三組分立爲完整的獨立音位。比較如下：

／ts／：知／tsʅ ｜／，組／tsu」／，蔗／tsɑ ㄉ／

／tɕ／：餞／tɕi ㄱ／，枕／tɕin」／，浸／tɕin ㄉ／

／k／：溝／kɤ ㄱ／，古／ku」／，夾／kɑt」／

／ts'／：池／ts'ʅ ㄥ／，處／ts'u」／，
　　　　錯／ts'o ㄉ／

／tɕ'／：秋／tɕ'iu ㄱ／，旗／tɕ'i ㄥ／，
　　　　千／tɕ'ien ㄱ／

／k'／：坤／k'un ㄱ／，坎／k'ɑn」／，
　　　　櫃／k'ui ㄉ／

／n／：奴／nu ㄥ／，內／nui ㄉ／，納／nɑt ㄱ／

／ȵ／：日／ȵit」／，年／ȵie ㄥ／，義／ȵi ㄉ／

／ŋ／：瓦／ŋɑ」／，危／ŋue ㄥ／，岳／ŋok ㄱ／

／s／：死／sʅ」／，書／su ㄱ／，石／sɑk ㄱ／

／ɕ／：西／ɕi ㄱ／，喜／ɕi」／，雪／ɕiot」／

／h／：猴／hɤ ㄥ／，項／hoŋ ㄉ／，黑／het」／

(苎) 綜合以上各條的說明，可列成一個聲母總表：

部位＼方法	塞，塞擦		鼻	通			
	不送氣	送　氣		擦		邊	元音
	清		濁	清	濁		濁
雙　唇	p	p′	m				
唇　齒				f	v		
舌　尖	t	t′	n			l	
	ts	ts′		s			
舌　面	tɕ	tɕ′	ȵ	ɕ			
舌　根	k	k′	ŋ				
喉				h			∅

(苎) 附　例：

/ p / ：悲 pi ˥ ，埤 pi ˩ ，扁 pien ˩ ，棒 poŋ ˥ ，
　　　　不 put ˩ ，脖 pet ˥

/ p′/ ：杷 pɑ ˥ ，袍 p′ɔ ˩ ，捕 p′u ˩ ，盼 p′an ˥ ，
　　　　，拍 p′ok ˩ ，白 pɑk ˥

/ m / ：貓 miɔ ˥ ，棉 mien ˩ ，網 moŋ ˩ ，帽 mɔ ˥
　　　　，木 muk ˩ ，密 met ˥

/ f / ：花 fa ˥ ，凡 fan ˩ ，火 fo ˩ ，戶 fu ˥ ，
　　　　發 fat ˩ ，服 fuk ˥

/ v / ：溫 vun ˥ ，禾 vo ˩ ，武 vu ˩ ，萬 van ˥ ，
　　　　屋 vuk ˩ ，活 vat ˥

／t／：刀 tɔ ㄱ，涼 tioŋ ㄥ，島 tɔ 」，棟 tuŋ ㄥ，
笠 tit 」，陸 tiuk ㄱ

／t'／：湯 t'oŋ ㄱ，田 t'ien ㄥ，毯 t'ɑn 」，豆
豆 t'ɤ ㄥ，託 t'ok 」，毒 t'uk ㄱ

／n／：拿 nɑ ㄱ，撓 nɔ ㄥ，暖 nuon 」，嫩 nun ㄥ，
囗 nat 」❸，納 nat ㄱ

／l／：禮 li ㄱ，犁 li ㄥ，懶 lɑn 」，亂 luon ㄥ，
蠟 lat 」，獵 liet ㄱ

／ts／：尊 tsun ㄱ，昨 tso ㄥ，早 tsɔ 」，
志 tsʅ ㄥ，則 tset 」，啜 tsuot ㄱ

／ts'／：車 ts'ɑ ㄱ，池 ts'ʅ ㄥ，處 ts'u 」，
仲 ts'uŋ ㄥ，出 ts'ut 」，濁 ts'uk ㄱ

／s／：書 su ㄱ，蛇 sɑ ㄥ，死 sʅ 」，瘦 sɤ ㄥ，
色 set 」，熟 suk ㄱ

／tɕ／：饑 tɕi ㄱ，丞 tɕin ㄥ，煮 tɕie 」，
俊 tɕiun ㄥ，吉 tɕit 」，直 tɕit ㄱ

／tɕ'／：青 tɕ'in ㄱ，群 tɕ'iun ㄥ，犬 tɕ'ion 」
，去 tɕ'iu ㄥ，切 tɕ'iet 」，
絕 tɕ'iot ㄱ

／ȵ／：牛 ȵiu ㄥ，宜 ȵi ㄥ，擬 ȵi 」，讓 ȵioŋ ㄥ
，額 ȵiak 」，玉 ȵiuk ㄱ

／ɕ／：消 ɕiɔ ㄱ，賢 ɕien ㄥ，喜 ɕi 」，羨 ɕion ㄥ
，雪 ɕiot 」，食 ɕit ㄱ。

／k／：溝 kɤ ㄱ，家 kɑ ㄱ❹，古 ku 」，棍 kun ㄥ，

轂 kuk 」，口 kok ˥ ❺。

/ k' / ：坤 k'un ˥，逵 k'ui ˦，坎 k'ɑn 」，靠

靠 k'ɔ ˅，殼 k'ok 」，窟 t'ut ˥

/ ŋ / ：鵝 ŋo ˥，危 ŋue ˦，瓦 ŋɑ 」，硬 ŋɑŋ ˅，

軛 ŋet 」，岳 ŋok ˥。

/ h / ：孝 hɔ ˥，猴 hɤ ˦，海 hai 」，項 hoŋ ˅，

黑 het 」，盒 huot 」

/ ø / ：衣 i ˥，油 iu ˦，嘔 ɤ 」，亞 ɑ ˅，縊 it 」

，閱 iot ˥，恩 en ˥，仁 in ˦，永 iun 」，

用 iuŋ ˅，鴨 ɑt 」，藥 iok ˥。

二　韻　母

㈠ 主要元音：共有 ɿ，i，e，ɑ，ɔ，o，u，ɤ 八個，分別說明如下：

/ ɿ

i　　　u

e　ɤ　o

ɑ　ɔ /

(1) / ɿ / 是展唇舌尖前元音，只出現在 / ts，ts'，s / 三個舌尖輔音之後。例如：資 / tsɿ ˥ /，池 / ts'ɿ ˦ /，死 / sɿ 」/。

(2) / i / 是展唇前高元音，可當介音用，又可當單獨韻母，且可和其他韻母結合為複元音。例如：前 / tɕ'ie ˦ /，

饑／tɕi ㄱ／，鬼／kui 」／。

(3) ／u／是圓唇後高元音，當主要元音時是很緊（tense
）的〔u〕，用爲介音時是較鬆（lax）的〔ʊ〕，因無
辨義作用，描寫時一律作／u／。

　　　u→ʊ／＋一（＋：代表音節界號）

例如：

／u／
　　〔u〕：珠tsu ㄱ，秋tɕ'iu ㄱ。
　　〔ʊ〕：卵luon」，榮ts'ʊe ㄥ。

(4) ／e／是舌前半高元音，它的前後不是接前高元音／i／
，就是舌尖輔音／一n，一t／。但是，當單獨韻母及在
／u／介音之後時變前半低元音〔ɛ〕。

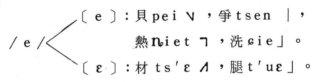

例如：

／e／
　　〔e〕：貝pei ㄥ，爭tsen ｜，
　　　　　熱ȵiet ㄱ，洗ɕie」。
　　〔ɛ〕：材ts'ɛ ㄥ，腿t'uɛ」。

／e／在陽聲韻尾一n之前，同時聲母爲唇音／p，p'
，m，f，v／時，有變成央元音〔ə〕的現象。

　　　／e／→〔ə〕／唇音一n

例如：

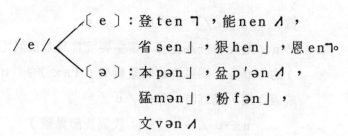

/ e / 〔 e 〕：登 ten ㄱ，能 nen ㄥ，
省 sen 」，狠 hen 」，恩 en ㄱ。
〔 ə 〕：本 pən 」，盆 p'ən ㄥ，
猛 mən 」，粉 fən 」，
文 vən ㄥ

(5) / ㄚ / 只用爲單獨韻母，而不與任何其他韻母（包括介音）結合。

(6) / o / 是很清楚的圓唇後半高元音，例如：火 / fo 」 /，
，婆 / p'o ㄥ /，但 / o / 的後面接舌根音 / － k，－
ŋ / 時，有變爲 / ɔ / 的傾向。因無辨義作用，而另一個
音位 / ɔ / 又不接任何韻尾，所以描寫時仍用〔 ok 〕〔
oŋ 〕。

$$o \rightarrow ɔ \ / - \begin{Bmatrix} k \\ ŋ \end{Bmatrix}$$

例如：

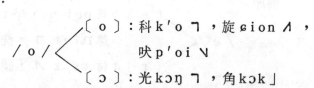

/ o / 〔 o 〕：科 k'o ㄱ，旋 ɕion ㄥ，
吠 p'oi ㄚ
〔 ɔ 〕：光 kɔŋ ㄱ，角 kɔk 」

(7) / ɑ / 當單獨韻母及與 / － k，－ŋ / 結合時是後〔 ɑ 〕
，但與 / i / 及舌尖輔音 / － n，－ t / 結合時變爲較前
的〔 a 〕，因無辨義作用，所以描寫時仍寫成 / ɑ /。
例如：

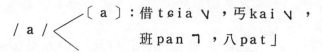

/ a / 〔 a 〕：借 tɕia ㄚ，丐 kai ㄚ，
班 pan ㄱ，八 pat 」

　　　　　＼〔ɑ〕：打 tɑ」，硬 ŋaŋ＼，

　　　　　　　隔 kɑk」

(8)　/ɔ/ 是近似〔ao〕的單元音，除了用爲單獨韻母外，只與介音 /i/ 相結合。例如：

　　老 /lɔ」/，早 /tsɔ」/，標 /piɔ﹁/，消 /ɕiɔ﹁/。

(9)　除了上述 8 個主要元音外，瑞金還有三個成音節的鼻音 /m̩，n̩，ŋ̍/。例如：

　　唔 /m̩/ ❻，𠾐 /n̩/ ❼，五 /ŋ̍」/。

(10)　比較：

　　/ɿ/ ≠ /i/：死 /sɿ」/ ≠ 喜 /ɕi」/

　　/i/ ≠ /e/：閉 /pi＼/ ≠ 拜 /pe＼/

　　/e/ ≠ /ɑ/：埋 /me／/ ≠ 麻 /mɑ／/

　　/ɑ/ ≠ /ɔ/：車 /ts'ɑ﹁/ ≠ 操 /ts'ɔ﹁/

　　/ɔ/ ≠ /o/：刀 /tɔ﹁/ ≠ 多 /to﹁/

　　/o/ ≠ /ɤ/：做 /tso＼/ ≠ 奏 /tsɤ＼/

　　/ɤ/ ≠ /e/：狗 /kɤ」/ ≠ 解 /ke」/

(11)　附例：

　　/ɿ/：知 tsɿ﹁，時 sɿ／，齒 ts'ɿ」，世 sɿ＼

　　/i/：披 p'i﹁，旗 tɕ'i／，比 pi」，
　　　　地 t'i＼

　　/e/：釵 ts'e﹁，排 p'e／，宰 tse」，
　　　　耐 ne＼

　　/ɑ/：巴 pɑ﹁，牙 ŋɑ／，扯 ts'ɑ」，社 sɑ＼

/ ɔ /：交 kɔ ㄱ，袍 p'ɔ ㄥ，腦 nɔ ㄴ，造 ts'ɔ ㄴ/ㄈ/

/ o /：多 to ㄱ，磨 mo ㄥ，左 tso ㄴ，錯 ts'o ㄈ

/ ɤ /：溝 kɤ ㄱ，愁 ts'ɤ ㄥ，口 k'ɤ ㄴ，漏 lɤ ㄈ

/ u /：烏 vu ㄱ，狐 fu ㄥ，土 t'u ㄴ，處 ts'u ㄈ

（二）介　音：瑞金只有／－i－／／－u－／兩個介音，今依開尾韻（元音）、鼻音、塞音三種韻尾來說明介音 i，u 的結合情形，列表如下：

介音＼韻尾	元音（－ø）	鼻音（－n）	塞音（－t）
－i－	ie iɑ iɔ io iu	in ien ion iun	it iet iot iut
－u－	ue　uo ui	un　uon	ut　uot

介音＼韻尾	鼻音（－ŋ）	塞音（－k）
－i－	iɑŋ ioŋ iuŋ	iɑk iok iuk
－u－	uŋ	uk

(1) 從表中可知瑞金話中帶介音／i／的韻母有十九個，帶介音／u／的只有九個，這是本地音的一大特色。

(2) 在入聲韻及陽聲韻的／iun／／iut／／iuŋ／／iuŋ／／iuk／等韻母中其中的／－iu－／有趨近〔y〕的現象，但〔y〕不在任何其他情形出現，所以描寫時用介音/ iu / 而不用撮口的/ y /。

(3) 附　例：

/ ie /：底 tie˩	/ ue /：菜 ts'ue˥˩
/ iɑ /：借 tɕiɑ˥˩	/ uo /：渦 luo˩˥ ❽
/ iɔ /：小 ɕiɔ˩	/ ui /：水 sui˩
/ io /：茄 tɕ'io˩˥	/ un /：倫 lun˩˥
/ iu /：流 liu˩˥	/ uon /：卵 luon˩
/ in /：金 tɕin˥˧	/ ut /：骨 kut˩
/ ien /：煙 ien˥˧	/ uot /：說 suot˩
/ ion /：選 ɕion˩	/ uŋ /：空 k'uŋ˥˧
/ iun /：軍 tɕiun˥˧	/ uk /：毒 t'uk˥
/ it /：筆 pit˩	/ ioŋ /：鄉 ɕioŋ˥˧
/ iet /：節 tɕiet˥˧	/ iuŋ /：龍 tiuŋ˩˥
/ iot /：月 ȵiot˥˧	/ iɑk /：壁 piɑk˩
/ iut /：卒 tsiut˩	/ iok /：弱 ȵiok˥˧
/ iɑŋ /：晴 tɕ'iɑŋ˩˥	/ iuk /：六 tiuk˩

㈢ 韻　尾：瑞金有/－n //－ŋ /二個陽聲韻尾，/－t / /－k /二個入聲韻尾。現在依開尾韻，元音韻尾，陽聲韻尾，入聲韻尾四部分說明如下：

(1) 開尾韻：

齊	ie　iɑ　iɔ　io
合	ue　　　　uo

(A) ∕ e , ɑ , ɔ , o ∕ 四元音可以加介音 ∕ i ∕ 而產生四個
複合韻∕ ie , iɑ , io ∕ 。

(B) ∕ e , o ∕ 兩元音可以加介音 ∕ u ∕ 產生兩個複合韻母∕
ue , uo ∕ 。

(C) 比　較：

∕ ie ∕ ≠ ∕ iɑ ∕：泥∕ ȵie ⋏ ∕ ≠ 惹∕ ȵiɑ ⋏ ∕

∕ iɑ ∕ ≠ ∕ iɔ ∕：寫∕ ɕiɑ 」∕ ≠ 小∕ ɕiɔ 」∕

∕ iɔ ∕ ≠ ∕ io ∕：橋∕ tɕ'iɔ ⋏ ∕ ≠ 茄∕ tɕ'io ⋏ ∕

∕ ue ∕ ≠ ∕ uo ∕：腿∕ t'ue 」∕ ≠ 鉈∕ t'uo 」∕ ❾

(2)　元音韻尾：

開	ei	ɑi	oi
齊			iu
合			ui

(A) 以 ∕ − i ∕ 當韻尾的結合韻有 ∕ ei , ɑi , oi , ui ∕
四個。

(B) 以 ∕ − u ∕ 當韻尾的結合韻有 ∕ iu ∕ 一個。

(C) 比　較：

∕ ei ∕ ≠ ∕ ɑi ∕：回∕ fei ⋏ ∕ ≠ 懷∕ fɑi ⋏ ∕

∕ ɑi ∕ ≠ ∕ oi ∕：帥∕ sɑi ∨ ∕ ≠ 歲∕ soi ∨ ∕

∕ oi ∕ ≠ ∕ ui ∕：鰓∕ soi ⌐ ∕ ≠ 荽∕ sui ⌐ ∕ ❿

∕ ui ∕ ≠ ∕ iu ∕：堆∕ tui ⌐ ∕ ≠ 丟∕ tiu ⌐ ∕

(D) 附　例：

／ei／：杯 pei ㄱ，飛 fei ㄱ，未 vei ㄥ

／ɑi／：外 vɑi ㄥ，債 tsɑi ㄥ，裁 ts'ɑi ㄱ

／oi／：灰 foi ㄱ，吠 poi ㄥ，賠 p'oi ㄱ

／ui／：追 tsui ㄱ，內 nui ㄥ，隨 sui ㄱ

／iu／：區 tɕiu ㄱ，牛 ȵiu ㄱ，雨 iu ㄩ

(3)　陽聲韻尾：有／－n／／－ŋ／二音位。

	－n	－ŋ
開	en ɑn	aŋ oŋ
齊	in ien　ion iun	iaŋ ioŋ iuŋ
合	un　uon	uŋ

如圖示以／－n／爲韻尾的複合韻共有八個，以／－ŋ／爲韻尾的複合韻共有六個，以下將相關的韻母分別舉出最小對比：

(A)

／in／≒／en／：丁／tin ㄱ／≒登／ten ㄱ／

／en／≒／ɑn／：能／nen ㄱ／≒南／nɑn ㄱ／

／ɑn／≒／un／：餐／ts'ɑn ㄱ／≒
　　　　　　　春／ts'un ㄱ／

／un／≒／en／：頓／tun ㄥ／≒瞪／ten ㄥ／

(B)

／ien／≒／ion／：賤／tɕ'ien ㄥ／≒勸
　　　　　　　　／tɕ'ion ㄥ／

/ ion / ≒ / iun / ：原 / ȵion ʌ / ≒ 銀 / ȵiun ʌ /

/ iun / ≒ / uon / ：雲 / iun ʌ / ≒ 桓 / uon ʌ /

/ uon / ≒ / ion / ：桓 / uon ʌ / ≒ 緣 / ion ʌ /

(C)

/ ɑŋ / ≒ / oŋ / ：橫 / vɑŋ ʌ / ≒ 黃 / voŋ ʌ /

/ oŋ / ≒ / uŋ / ：當 / toŋ ˥ / ≒ 東 / tuŋ ˥ /

/ uŋ / ≒ / ɑŋ / ：篷 / p'uŋ ʌ / ≒ 彭 / p'ɑŋ ʌ /

(D)

/ iɑŋ / ≒ / ioŋ / ：影 / iɑŋ ˩ / ≒ 養 / ioŋ ˩ /

/ ioŋ / ≒ / iuŋ / ：鄉 / ɕioŋ ˥ / ≒ 胸 / ɕiuŋ ˥ /

/ iuŋ / ≒ / iɑŋ / ：誦 / ɕiuŋ ˎ / ≒ 姓 / ɕiɑŋ ˎ /

(E)附　例：

/ en / ：盆 p'en ʌ ，悶 men ˎ ，鄧 ten ˎ ，
層 ts'en ʌ

/ ɑn / ：盤 p'ɑn ʌ ，彎 / vɑn ˥ ，炭 t'ɑn ˎ ，
散 sɑn ˎ

/ in / ：品 p'in ˩ ，人 ȵin ˩ ，信 ɕin ˎ ，
林 lin ʌ

/ ien / ：然 ien ʌ ，前 tɕ'ien ʌ ，變 pien ˎ ，
田 t'ien ʌ

/ ion / ：寃 ion ˥ ，全 tɕ'ion ʌ ，繭 tɕion ˩

羨 ɕion ∨

／iun／：均 tɕiun ˥ ，群 tɕʻiun ˧ ，

勳 ɕiun ˥ ，運 iun ∨

／un／：滾 kun ˩ ，坤 kʻun ˥ ，準 tsun ˩ ，

寸 tsʻun ∨

／uon／：般 puon ˥ ，團 tʻuon ˧ ，短 tuon ˩ ，

蒜 suon ∨

／aŋ／：羹 kaŋ ˥ ，城 saŋ ˩ ，行 haŋ ˧ ，

甕 aŋ ˥ ⓫

／uŋ／：風 fuŋ ˥ ，農 nuŋ ˧ ，恐 kʻuŋ ˩ ，

衆 tsuŋ ∨

／oŋ／：忙 moŋ ˧ ，爽 soŋ ˩ ，邦 poŋ ˥ ，

項 hoŋ ∨

／iaŋ／：驚 tɕiaŋ ˥ ，迎 ȵiaŋ ˧ ，餅 piaŋ ˩ ，

映 iaŋ ∨

／ioŋ／：匡 tɕʻioŋ ˥ ，涼 tioŋ ˧ ，

搶 tɕʻioŋ ˩ ，像 ɕioŋ ∨

／iuŋ／：恭 tɕiuŋ ˥ ，窮 tɕiuŋ ˧ ，湧 iuŋ ˩ ，

誦 ɕiuŋ ∨

(4) 入聲有韻尾：有／－t／／－k／兩音位，其中收／－t
／的韻母有七個，收／－k／的有六個。／－t／／－k
／與陽聲韻尾／－n／／－ŋ／彼此對應。

	−t			−k		
開	et	ɑt		ɑk	ok	
齊	it	iet	iot iut	iɑk	iok	iuk
合	ut		uot	uk		

以下分別舉出最小對比，並附例字說明：

(A)

／ et ／≠／ ɑt ／：北／ pet ⌋／≠八／ pɑt ⌋／

／ it ／≠／ et ／：笠／ tit ⌋／≠德／ tet ⌋／

／ it ／≠／ ut ／：筆／ pit ⌋／≠不／ put ⌋／

(B)

／ iet ／≠／ iot ／：切／ tɕ'iet ⌋／≠

缺／ tɕ'iot ⌋／

／ iot ／≠／ iut ／：決／ tɕiot ⌋／≠缺／ tɕiot

⌋／≠橘／ tɕiut ⌋／

／ iot ／≠／ uot ／：雪／ ɕiot ⌋／≠刷／ suot ⌋／

(C)

／ ɑk ／≠／ ok ／：摘／ tsɑk ⌋／≠著／ tsok ⌋／

／ ok ／≠／ uk ／：落／ lok ⌋／≠鹿／ luk ⌋／

／ uk ／≠／ ɑk ／：牧／ muk ⌉／≠麥／ mɑk ⌉／

(D)

／ iɑk ／≠／ iok ／：錫／ ɕiɑk ⌋／≠削／ ɕiok ⌋／

／ iok／≑／ iuk／：弱／ȵiok ˩／≑玉／ȵiuk ˩
／

／ iuk／≑／ iak／：局／ tɕ'iuk ˩／≑
薦／ tɕ'iak ˩／

(E)附　例：

／ et ／：脈 met ˩，特 t'et ˥

／ at ／：殺 sat ˩，辣 lat ˥

／ it ／：日 ȵit ˩，羅 t'it ˥

／ iet ／：鐵 t'iet ˩，舌 ɕiek ˥

／ iot ／：域 iot ˩，月 ȵiot ˥

／ iut ／：橘 tɕiut ˩，戌 ɕiut ˥

／ ut ／：卒 tsut ˩，突 t'ut ˥

／ ak ／：百 pak ˩，石 sak ˥

／ ok ／：角 kok ˩，莫 mok ˥

／ iak ／：壁 piak ˩，逆 ȵiak ˥

／ iok ／：若 iok ˩，略 liok ˥

／ iuk ／：粟 ɕiuk ˩，俗 ɕiuk ˥

／ uk ／：福 fuk ˩，熟 suk ˥

／ uot ／：脫 t'uot ˩，沫 muot ˥

(5)　綜合以上主要元音、介音、韻尾（包括開尾、元音、陽聲
、入聲）可得一韻母總表：

	陰聲韻 —o —i —u	陽聲韻 —n —ŋ	入聲韻 —t —k	鼻韻
開	ɿ e a ɔ o ɤ	en ɑn	et ɑt	m̩
齊	i ie iɑ iɔ io iu	in ien ion iun	it iet iot iut	n̩
合		un uon	ut uot	
開	ei ɑi oi ui	ɑŋ oŋ	ɑk ok	ŋ̩
齊		iɑŋ ioŋ iuŋ	iɑk iok	
合		uŋ	uk	

三 聲 調

調 別	陰 平	陽 平	上 聲	去 聲	陰 入	陽 入
調 值	˥55	˩˧˦24	˨˩11	˥˨42	˨2	˥5

瑞金聲調有六種，其中陽入（ ˥5 ）與陰平（ ˥55 ）的音
高相同，只是長短之別而已，而陰入（ ˨2 ）與上聲（ ˨˩11
）的音高也極相近，如果以調的高低升降來分類，以韻尾的
—t，—k來分辨調的長短，那麼陽入可歸入陰平，陰入可
歸入上聲而成為四個調位（ Toneme ）：

陰平 ┐⁵⁵ ＿＿＿＿＿＿　　陰平／陽入 ＿＿＿＿＿＿ 高平調

陽平 ⏶₂₄ ＿＿＿＿＿＿　　陽　　平 ＿＿＿＿＿＿ 中升調

上聲 ⌐₁₁ ＿＿＿＿＿＿　　上聲／陰入 ＿＿＿＿＿＿ 低升調

去聲 ⌐₄₂ ＿＿＿＿＿＿　　去　　聲 ＿＿＿＿＿＿ 中降調

陰入 ⌐²

陽入 ┐⁵

在本文中為比較研究的方便，仍然採取入聲獨立的辦法，不
加歸併，舉例如下：

陰平 ┐⁵⁵：汪 voŋ ┐，天 t'ien ┐，妻 tɕ'i ┐，
　　　　　魯 lu ┐

陽平 ⏶₂₄：黃 voŋ ⏶，田 t'ien ⏶，旗 tɕ'i ⏶，
　　　　　盧 lu ⏶

上聲 ⌐₁₁：枉 voŋ ⌐，忝 t'ien ⌐，起 tɕ'i ⌐，
　　　　　乳 lu ⌐

去聲 ⌐₄₂：忘 voŋ ⌐，電 t'ien ⌐，氣 tɕ'i ⌐，
　　　　　路 lu ⌐

陰入 ⌐²　：沃 vok ⌐，鐵 t'iet ⌐，七 tɕ'it ⌐，
　　　　　：祿 luk ⌐

陽入 ┐⁵　：鑊 vok ┐，貼 t'iet ┐，疾 tɕ'it ┐，
　　　　　鹿 luk ┐

除了上列六種調以外，瑞金還有部分輕聲字，受前面字音的
影響，而產生不同的調，附在連調變化裏討論。

四　連調變化

瑞金六個聲調中除入聲字不發生連音變化外，其餘陰平、陽平、上聲及去聲字在連音時都發生變調的現象。但它們的變調並不很整齊，同調的字只有大部分有一致的變化，少部分仍維持本調不變，在此僅討論大部份一致的變調情形：

㈠ 陰平變調：本調為 ㄱ⁵⁵，在字前變為 ㄥ₂₄ 。例如：

tsuŋ ㄱ⁵⁵（中）→tsuŋ ㄥ₂₄　fuk ㄧ（中伏）

fa 　ㄱ⁵⁵（花）→fa 　ㄥ₂₄　ts'ue ㄥ（花荣）

kie ㄱ⁵⁵（鷄）→kie ㄥ₂₄　p'o ㄥ（鷄婆）

vu 　ㄱ⁵⁵（烏）→vu 　ㄥ₂₄　a 　ㄱ（烏鴉）

㈡ 陽平變調：本調為 ㄥ₂₄，在字後有條件地變為 ㄥ₂₂ 或 ㄱ⁵⁵ 。

(1)陽平在陰平、上聲、去聲、入聲之後變為 ㄥ₂₂。例如：

tɕ'ien ㄥ₂₄（前）→mien ㄱ tɕ'ien ㄥ₂₂（面前）⑬

t'in 　ㄥ₂₄（庭）→ka ㄥ　t'in 　ㄥ₂₂（家庭）

vən 　ㄥ₂₄（文）→ien ㄱ　vən ㄥ₂₂（演文）⑭

t'oŋ 　ㄥ₂₄（堂）→hok ㄱ　t'oŋ 　ㄥ₂₂（學堂）

(2)陽平在陽平之後變為 ㄱ⁵⁵ 。例如：

ts'oŋ ㄥ₂₄（場）→p'ai ㄥ ts'oŋ ㄱ⁵⁵（排場）

voŋ 　ㄥ₂₄（磺）→liu ㄥ voŋ 　ㄱ⁵⁵（硫磺）

ti 　ㄥ₂₄（狸）→fu ㄥ ti 　ㄱ⁵⁵（狐狸）

mo　　˩₂₄（毛）→mi　　˥ mo　　˥⁵⁵（眉毛）

㈢　上聲變調：本調為 ˩₁₁，在字前變為 ˥⁴⁵

　　　　lɔ　　˩₁₁（老）→lɔ　　˥⁴⁵ ɕie　˩₁₁（老鼠）

　　　　kɤ　　˩₁₁（狗）→kɤ　　˥⁴⁵ ɕiuŋ ˩₁₁（狗熊）

　　　　tioŋ ˩₁₁（兩）→tioŋ ˥⁴⁵ pien ˥₅₅（兩邊）

　　　　ɕie　˩₁₁（洗）→ɕie　˥⁴⁵ san　˥₅₅（洗衫）

㈣　去聲變調：本調為 ˥₄₂，在字前變為 ˥⁵⁵，字後變為 ˩₂₁

　⑴　去聲在字前變為 ˥⁵⁵。例如：

　　　　tso　˥₄₂（做）→tso　˥⁵⁵ fɑn　˩₂₁（做飯）

　　　　k'ɤ　˥₄₂（扣）→k'ɤ　˥⁵⁵ tsɿ　˩₂₁（扣子）

　　　　ts'ɿ　˥₄₂（自）→ts'ɿ　˥⁵⁵ iut　˩₂（自縊）

　　　　t'e　˥₄₂（剃）→t'e　˥⁵⁵ nɔ　˩₂₁（剃腦）⑮

　⑵　去聲在字後變為 ˩₂₁。例如：

　　　　t'i　˥₄₂（地）→t'u　˥ t'i　˩₂₁（土地）

　　　　p'ɑ　˥₄₂（帕）→ɕiu　˥ p'ɑ　˩₂₁（手帕）

　　　　miaŋ ˥₄₂（命）→hɔ　˥ miaŋ ˩₂₁（好命）

　　　　ts'ue ˥₄₂（菜）→p'ak ˥ ts'ue ˩₂₁（白菜）

㈤　以上四種變調中因有的在字前有的在字後變，所以常有兩個
　　字都變調的情形。例如：

　　mien ˥₄₂ tɕ'ien ˩₂₄→mien ˥⁵⁵ tɕ'ien ˩₂₂
　　（面前）

　　ien　˩₁₁ vɔn　˩₂₄→ien　˥⁵⁵ vɔn　˩₂₂
　　（演文）

　　t'u　˩₁₁ t'i　˩₄₂→t'u　˥⁴⁵ t'i　˩₂₁

（土地）

kɤ 　˩₁₁ ɕiuŋ 　˦₂₄ →kɤ 　˥₄₅ ɕiuŋ 　˩₂₂

（狗熊），

chɔ 　˩₁₁ miaŋ 　˦₂₄ →chɔ 　˥₄₅ miaŋ 　˩₂₁

（好命）

(六) 觀察上面的變調結果，產生三個新調型：第一個是上聲在字前的 ˥₄₅ ，第二個是陽平在字後的 ˩₂₂ ，第三個是去聲在字後的 ˩₂₁ 。其餘變調產生的 ˥₅₅ 和陰平（ ˥₅₅ ）同調值， ˦₂₄ 和陽平（ ˦₂₄ ）同調值。爲清楚起見，現在把各調變情形列成一表：

本調 變調變位	陰平 ˥₅₅	陽平 ˦₂₄	上聲 ˩₁₁	去聲 ˅₄₂
字　前	˦₂₄		˥₄₅	˥₅₅
字　後		˩₂₂, ˥₅₅		˩₂₁

(七) 附論輕聲調：

瑞金輕聲調的情形和陰平、陽平、上聲、去聲的變調相似，只有大部分的現象一致而已。現在拿最常用的"子"和"頭"兩個輕聲字來說明輕聲調的情形。

"子"和"頭"的調有三種：第一種是在陰平、上聲、入聲後爲 ˩₂₂ ⑯；第二種是在陽平字後爲 ˥₅₅ ；第三種是在去聲字後爲 　˦₂₄ 。分別舉例如下：

(1) 輕聲調 ˩₂₂： 在陰平、上聲、去聲、入聲之後。

(A)陰平字後（ ˩₂₂ ）：葱子，箱子，梯子。

　　　　　　　　　　肩頭，車頭，山頭。

(B)上聲字後（ ˩₂₂ ）：棗子，女子，桶子，椅子。

　　　　　　　　　　斧頭，枕頭，火頭。

(C)陰入字後（ ˩₂₂ ）：鴿子，鴨子，帖子，穀子。

　　　　　　　　　　脚頭，膝頭，骨頭。

(D)陽入字後（ ˩₂₂ ）：碟子，篾子，葉子，襪子。

　　　　　　　　　　日頭，木頭，舌頭，額頭。

(2) 輕聲調 ˥₅₅：在陽平之後。

　　　　例如：桃子，梨子，籃子，瓠子。

　　　　　　　雲頭，犂頭，埤頭。

(3) 輕聲調 ˨₄ ：在去聲之後。

　　　　例如：柿子，豆子，蒜子，面子，筷子。

　　　　　　　路頭，上頭，灶頭。

以上三種輕聲調都和舒聲⑰變調相似。第一、二種調（ ˩₂₂ ， ˥₅₅ ）與陽平在字後變調（ ˩₂₂ ，˥₅₅ ）音值相同，第三種調（ ˨₄ ） 與陰平在字前變調（ ˨₄ ）音值相同。而且第一種輕聲調出現在陰平、上聲、去聲、入聲之後，與陽平字在陰平、上聲、去聲、入聲之後變 ˩₂₂ 相同。第二種輕聲調出現在陽平之後，與陽平字在陽平之後改變 ˥₅₅ 相同。由此可知，瑞金語音的連音變化是有其規律的。至於輔音在連音時的變化見註⑱。

五 聲母、韻母、聲調的關係

瑞金的語位（morpheme）結構是由一個以上的音段（Segmental sound）加上聲調所組成，現在把它的音段結構加以分析。

㈠ 各聲母與開齊合三種韻相配的情形：除 / ø / 以外的 20 個聲母中不接開口韻 / A / ⓲ 及合口韻 / u / 的有四個聲母 / tɕ，tɕ'，n̥，ɕ /，不接齊齒韻 / i / 的有十個聲母 / ts，ts'，n，s，f，v，k，k'，ŋ，h / ⓳ 其餘各聲母都可任意配合，其關係如下圖：

	p,p',m	t,t',l	ts,ts',n,s,f,v	k,k',ŋ,h	tɕ,tɕ',n̥,ɕ
開	+	+	+	+	
齊	+	+			+
合	+	+	+	+	

㈡ 各韻尾和主要元音相配的情形：主要元音中 / ɿ / / ɔ / / ɤ / 三元音只當單獨韻母，各韻相配情形如下：

元音 \ 韻尾	－i	－u	－n	－ŋ	－t	－k
ɿ						

i		+	+		+	
e	+		+		+	
ɑ	+		+	+	+	+
ɔ						
o	+			+		+
u	+		+	+	+	+
ɤ						

(三)　語位的結構有單元音、複元音、元音加輔音、複元音加輔音
、輔音加單元音、輔音加複元音、輔音加單元音加輔音、輔
音加複元音加輔音八種，今分別舉例如下：

元音起首　　例　　　　字	輔音起首　　例　　　　字
V　　鴉　　ɑ ㄱ	CV　　多　　to ㄱ
V V　　野　　iɑ ㄥ	CVV　　流　　liu ㄥ
V C　　音　　in ㄱ	CVC　　南　　nɑn ㄣ
VVC　　欲　　iuk ㄥ	CVVC　　前 tɕʼien ㄣ

△：C代表輔音（Consonant）

　　V代表元音（Vowel）

(四)　根據上面的結構加上一個調（Tone）以T代表，可得一個

　　結構公式：

$$（C）（V）V（C）／T$$

(五) 附　例：

(1) 單元音（V）：衣／i ㄱ／，矮／e ㄴ／，襖／ɔ ㄱ／，嘔／ɤ ㄴ／，五／ŋ̍ ㄴ／

(2) 複元音（VV）：夜／ia ㄍ／，腰／iɔ ㄱ／，哀／ue ㄱ／，油／iu ㄣ／

(3) 單元音加輔音（VC）：任／in ㄍ／，恩／en ㄱ／，鴨／at ㄐ／

(4) 複元音加輔音（VVC）：遠／ion ㄴ／，榮／iuŋ ㄣ／，乙／iet ㄐ／

(5) 輔音加單元音（CV）：古／ku ㄴ／，猴／hɤ ㄣ／，里／li ㄴ／

(6) 輔音加複元音（CVV）：料／liɔ ㄍ／，飛／fei ㄱ／，斜／ɕia ㄣ／

(7) 輔音加單元音加輔音（CVC）：骨／kut ㄥ／，公／kuŋ ㄱ／，著／tsok ㄐ／

(8) 輔音加複元音加輔音（CVVC）：壁／piak ㄐ／，響／ɕioŋ ㄴ／，管／kuon ㄴ／

以上聲韻調的關係，可以參看第六節所附單字音表。

附　註

❶　／　／表示音位（Phoneme），〔　〕表示語音（Phone），下同。

❷　〔　〕表示括號中的音位有限制，{　}表示括號中的音位可以任意選擇，下同。

❸　□：用火炙人。

❹　無不送氣的陽平字，故舉變調的 kɑ。

❺　□：敲門聲。

❻　唔：否定詞"不"的意思，如"不會"說成 m̩ ˧ voi ˥。

❼　□：也是表否定，如"不是"說成 n̩ ˧ ne ˥。

❽　膈：手指紋。

❾　鉈：秤錘。

❿　荽：芫荽，香料用。

⓫　瓮：大瓶子或甕。

⓬　鷄婆＝母鷄。

⓭　演文＝客氣、莊重的樣子，瑞金日常用語。

⓮　面前＝前面。

⓯　剃腦＝剃頭＝理髮。

⓰　輕聲的調值比入聲稍長，又比舒聲韻短，爲區別起見，在長調下加一橫線。如（　˧₂₂）別於陽入的　˧₂ ，也別於舒聲的　˧₂₂ 。

⓱　舒聲調，指入聲調以外的陰平、陽平、上聲、去聲。

⓲　開口韻指凡韻母沒有介音而主要元音又不是／ i ，u ，y ／的字，以／A／表示。

⓳　／ n，s，f，v，k／等聲母後加／ i ／的"溺，剩，□ fit」，□ vit ˧，鷄"等例外字不在此列。

⓴　在連音變化時，輔音也有受前後音而同化（assimilation）的現象，更有因連續而合音的現象。例如：

(A)— t →— p：ɕit ˧ mien ˥ → ɕip ˧ mien ˥ （吃麵）

(B)— ø→— m：ha ˧ ma ˧ → ham ˧ ma ˧ （蝦蟆）

(C) v —→m：— m̩ ˧ voi ˥ →m̩ ˧ moi ˥ （不會）

(D)h—→n—：n̩ ˦ hei ˅ →n̩ ˦ nei ˅ （不是）

(E)ku＋ŋ→kuŋ：va ˅ ku ˥ ŋ̍ ˦ ko ˅ →va ˅ kuŋ ˦ ko ˩
（說不過他）

(F)lɔ＋ia→la：lɔ ˥ ia ˦ →la ˥ （老爺）

(G)ɑk＋ke→e：mak ˩ ke ˥ →me ˦ （什麼）

六　附單字表

　　下表上排韻母按單元音、複元音、陽聲韻、入聲韻的次序。
□表示有音無字，它們的意思都在表後一併列出。單字下加＿橫
的表示這個音只有白話中用它，加二橫的表示這個字音只有文言
中有字，其餘的都是文白讀法相同：

表一：

聲＼韻調	ɿ　ㄱ ㄟ ㄥ ㄟ	i　ㄱ ㄟ ㄥ ㄟ	e　ㄱ ㄟ ㄥ ㄟ	a　ㄱ ㄟ ㄥ ㄟ
p		悲 埤 比 閉	擺 拜	巴 口6 把 壩
p'		披 枇 鼻	排	把 耙 帕
m		眯 眉 米 蜜	買 埋 邁 賣	馬 麻 罵
f				花 樺 髮 化
v		口1		
t		李 梨 口2帝	低 底	口7 打 大
t'		梯 提 體 地	啼 態 替	他
n			乃 耐	拿
l		禮 離 里 列	口3 犁 賴	口8
ts	知 指 志		齋 宰	渣 者 蔗
ts'	痴 池 齒 自		釵 柴 採 寨	車 茶 扯 岔
s	師 時 死 世		篩 曬	沙 蛇 捨 社
tɕ		飢 己 記		
tɕ'		妻 旗 起 氣		
nʑ		你 儀 擬 義		
ɕ		稀 嬉 喜 戲		
k			街 解 界	家 假 駕
k'			楷 快	誇 口9 髁 胯
ŋ			我 涯 口5 艾	牙 瓦
h			諧 鞋 海 亥	口10 蝦 下
ø		衣 夷 以 意	矮 愛	鴉 口11 啞 亞

表二：

聲＼韻調	ɔ				o				u				ɤ			
	ㄱ	ㄟ	ㄥ	ㄥ	ㄱ	ㄟ	ㄥ	ㄥ	ㄱ	ㄟ	ㄥ	ㄥ	ㄱ	ㄟ	ㄥ	ㄥ
p	包	保	報		被			簸	蹼	晡	補	布				
p'	抛	袍	跑	泡	坡	婆	頗	破	鋪	符	捕	步				
m	毛	茅	卯	帽	摸	□4		磨	母	模		暮		謀	畝	茂
f				、		火	貨		夫	湖	虎	戶				
v					窩	禾		臥	烏	梧	武	誤		浮	否	
t	刀	島	島	到	多		朵		都	褚	賭	杜	兜		斗	鬥
t'	滔	桃	討	盜		駝	妥	惰	□9	途	土	兔	偷	投		豆
n		腦		鬧		挪		糯		奴	努	怒				
l	□1	勞	老	□2	□5		螺		魯	盧	乳	路		樓	簍	漏
ts	朝		早	灶			左	做	珠		組	注	鄒		走	奏
ts'	操	曹	草	造		昨		錯	初	除	處	醋	□10	愁		湊
s	燒	邵	少	掃	蔆			鎖	書	儲	暑	樹	搜	餿	叟	瘦
tɕ																
tɕ'																
nʑ																
ɕ																
k	高		稿	告	戈		果	過	姑		古	故	溝	狗	狗	夠
k'	敲		考	靠	科		可	課	枯		莖	庫	□11	□		扣
ŋ		熬	咬	傲		鵝		餓							偶	
h	孝	豪	好	皓	□6	河		賀					猴			厚
ø	襖	□3		奧	□7	□8							謳	慪	漚	

表三：

韻〳調〳聲	ie				ia				i				io			
	ㄱ	ㄥ	ㄴ	㇏	ㄱ	ㄥ	ㄴ	㇏	ㄱ	ㄥ	ㄴ	㇏	ㄱ	ㄥ	ㄴ	㇏
p									標							
p′									飄	嫖	□[1]	票				
m					□[2]	□[5]			貓	苗	渺					
f																
v																
t		底			□[3]				涠	□[9]		釣				
t′									挑	條	□[11]					
n																
l									撩	潦	了	料				
ts																
ts′																
s																
tɕ	豬		責	寄	倚			借	嬌	餃	繳	覺				
tɕ′	企	騎		契			且	藉	鍬	橋	巧	竅		茄		
ɲ	蟻	泥	女			惹	□[7]		□[8]	饒		尿				
ɕ	洗	□[1]	鼠	細	瀉	斜	寫	卸	消	澆	小	笑	靴			
k	雞											叫				
k′																
ŋ																
h																
ø	移				耶	也	野	夜	腰	搖	擾	耀				

表四：

聲＼韻（調）	iu				ui				ue				uo			
p																
p'																
m																
f																
v																
t	丟							對	堆							
t'					推	頹		退	胎		腿	代	鉈			
n								內								
l	溜	流	呂					累				淚	膈			
ts					追		嘴	醉				嘴				
ts'					吹		揣	罪			毳	粜				
s						隨	水	碎				稅				
tɕ	區		酒	晝												
tɕ'	秋	仇	婆	去												
nɕ		牛	語	遇												
ɕ	鬚	泅	許	受												
k					歸		鬼	桂			枴	盎				
k'					虧		軌									
ŋ								偈		危						
h											碳	害				
ø	憂	油	雨	罄					哀	煨	藹					

表五：

聲＼韻調	ei 一	ei 二	ei 三	ei 四	ai 一	ai 二	ai 三	ai 四	oi 一	oi 二	oi 三	oi 四	零 一	零 二	零 三	零 四
p	杯		貝									背				
p′	胚	陪	被							賠		吠				
m	口1	煤	每	昧						媒			口4			
f	飛	回	毀	費		懷			灰							
v	威	圍	緯	未	歪			外	煨							
t					呆		帶					袋				
t′							太									
n							口3						口5			
l		縲				來				來						
ts								債	材							
ts′					猜	栽	在									
s					腮	灑		帥	鰓			歲				
tɕ																
tɕ′																
ɲ																
ɕ																
k							凱	丐								
k′					開				開			概				
ŋ												礙		梧	午	誤
h				口2			海									
ø							矮	隘								

表六：

聲 ＼ 韻調	in ㄱ	in ㄑ	in ㄴ	in ㄑ	en ㄱ	en ㄑ	en ㄴ	en ㄑ	an ㄱ	an ㄑ	an ㄴ	an ㄑ	un ㄱ	un ㄑ	un ㄴ	un ㄑ
p	冰		丙	並	崩		本	笨	班		板	扮			**本**	
p'	姘	平	品	拼	烹				蟠	盤		盼	噴	盆		
m		明	憫	會	門		猛	孟	蠻		滿	慢	蚊			悶
f	分	宏							翻	凡	反	飯	魂			
v	溫	文	粉	問					彎		晚	萬				
t	丁		頂		登		等	瞪	單		膽	旦	墩			頓
t'	聽	停	挺	定		籐		鄧	貪	痰	毯	炭	吞		囤	鈍
n		凝			乳	能	奶		南		□5					嫩
l	林		凜	令			冷	□2	藍		懶	爛	倫			論
ts					曾			贈	簪		斬	贊	尊		準	州
ts'						層			餐	殘	鏟	賺	春	存	蠢	寸
s				盛	森		省		山		傘	散	孫	純	損	順
tɕ	今		枕	浸												
tɕ'	青	情	請	靜												
ŋ		人	忍	認												
ɕ	興	刑	醒	信												
k					根		梗	更	奸		簡	鑑			滾	棍
k'					□		肯	□3	刊		坎	□6	坤		捆	困
ŋ																
h					痕		很	杏	□4	鹹	開	陷				
ø	音	仁	飲	任	恩						晏					

表七：

聲＼韻	ien				iun				ion				uon			
	ㄱ	ㄣ	ㄴ	ㄥ	ㄱ	ㄣ	ㄴ	ㄥ	ㄱ	ㄣ	ㄴ	ㄥ	ㄱ	ㄣ	ㄴ	ㄥ
p	邊		扁	變									般			半
p'	篇	便		騙									潘	磐		叛
m		棉	免	面										瞞		
f																
v																
t	顛		點	店									端		短	鍛
t'	天	田	忝	電										團		斷
n															暖	
l		憐	輦	戀										鑾	卵	亂
ts													專		轉	鑽
ts'													川	傳	舛	串
s													酸			蒜
tɕ	肩		剪	佔	均		捲	俊	捐		繭	券				
tɕ'	千	前	淺	賤		群	頃		圈	全	犬	勸				
nɕ	拈	年	染	硯		銀			軟	原		願				
ɕ	先	賢	險	線	勳	巡		訓	鮮	旋	選	羨				
k													肝		管	罐
k'													寬		款	看
ŋ															頑	玩
h													旱	桓		焊
ø	煙	然	演	燕	暈	雲	永	運	冤	緣	遠	怨	安		碗	按

表八：

聲＼韻 調	aŋ				oŋ				uŋ				iaŋ			
	ㄱ	ㄑ	ㄴ	ㄚ	ㄱ	ㄑ	ㄴ	ㄚ	ㄱ	ㄑ	ㄴ	ㄚ	ㄱ	ㄑ	ㄴ	ㄚ
p	蹦				邦		榜	棒			捧				餅	□[9]
p'		彭		有[2]		旁		蚌	□[5]	篷				平		病
m						忙	網	望		蒙	懵	夢		明		命
f					方	房	訪	放	風	馮		鳳				
v		橫			汪	黄	枉	忘				甕				
t					當	塘	黨		東		懂	楝	嶺			
t'					湯	餳	倘	燙	通	同	桶	痛				
n						狼				農	膿					
l								浪	瓏	礱	攏	弄		梁		亮
ts	爭				張		掌	賬	忠		總	衆				
ts'	撐			擛	昌	場	厰	杖	窗	蟲	寵	仲				
s	生	城		□[3]	桑	常	爽	上	松			送				
tɕ													驚	□[6]	頸	
tɕ'													輕	晴	請	鏡
nɕ														迎		□[10]
ɕ																
k	羹	莖	哽		缸		港	降	公	□[6]	鞏	貢				
k'				硬	筐	狂		曠	空		恐	控				
ŋ				硬		昂		□[4]								
h	坑	行				杭		項								
ø													□[7]	贏	影	映

表九：

聲調＼韻	ioŋ				iuŋ				it		et		at	
	ㄱ	㇀	㇂	ㄥ	ㄱ	㇀	㇂	ㄥ	㇂	㇀	㇂	㇀	㇂	㇀
p									筆	逼	北	腥	八	□[11]
p'									四		迫	白	潑	拔
m										密	脈	墨	襪	末
f									□[1]		沸	或	發	嗣
v										□[2]				
t		涼	兩			龍			笠	迪	德	□[6]	答	□[12]
t'									踢	躍		特	塔	達
n										溺	□[3]		□[8]	納
l										力		劣	蠟	辣
ts											則		粢	
ts'											策	賊	察	雜
s											色		殺	□[13]
tɕ	江		蔣	醬	恭		冢	縱	吉					
tɕ'	匡	強	搶			窮		共	七	疾				
ɲ		娘	仰	讓		吟			日	入				
ɕ	鄉	詳	響	像	胸	雄	熊	誦	息	食				
k											革		夾	
k'											客		□[9]	□[14]
ŋ											軛		□[10]	□[15]
h											黑	核	瞎	
ø	安	陽	養	釀	蓮	榮	湧	用	縊	翼	□[5]	□[7]	鴨	

表十：

韻 聲 \ 調	ut ┤	ut ┐	uot ┤	uot ┐	iet ┤	iet ┐	iot ┤	iot ┐	iut ┤	iut ┐
p	丕	□7	鉢		□16					
p'		□8	撥		□17	別				
m	□1	没	抹	沫	□18	滅				
f	□2	佛								
v	□3	物			□19					
t	□4	□9	奪		跌	疊				
t'		突	脫		鐵	貼				
n	□5									
l	□6		□12	□15		獵				
ts	卒		拙							
ts'	出	□10	□13							
s	率	術	刷							
tɕ					節	□20	決		橘	
tɕ'					切	竭	缺	絕	屈	
nɕ					孽	熱		月		
ɕ					攝	舌	雪	穴	戌	
k	骨	□11	割							
k'		窟	渴							
ŋ										
h			喝	盒						
∅			□14		乙	葉	域	閱	疫	

表十一：

聲＼韻調	ak ┤	ak ┐	ok ┤	ok ┐	uk ┤	uk ┐	iɑk ┤	iɑk ┐	iok ┤	iok ┐	iuk ┤	iuk ┐
p	百		剝	□15			壁	□25				
p′		白	拍	薄	樸	□20	□22					
m	□1	麥	□11	莫	木	牧						
f	□2				福	服						
v	挖	剷	沃		屋							
t		□6	□12	剁	篤	□21	□23					
t′			託	□16		毒	□24					
n		□7				□19						
l	□3	曆	□13	落	祿	鹿			掠	略	六	陸
ts	摘	□8	著		粥							
ts′	赤	□9	綽	鐲	逐	躅						
s	□4	石	索	杓	縮	熟						
tɕ							胛		腳		足	促
tɕ′								席	雀	□28	曲	局
nʲ							額	逆	□27	弱	肉	玉
ɕ							錫		削		粟	俗
k	隔		角	□17	穀							
k′	客	□10	殼	□18	哭							
ŋ			□14	嶽								
h	嚇		郝	學								
ø			惡					□26	若	藥	辱	欲

單字音表附註

表一：

1. 口：掠過，如飛機旋一下叫 vit ˥ haˇ ts1˧。
2. 口：這個，ti˩ke˥。
3. 口：長的樣子，如 le˥le˥ 長ㄅ。
4. ：挑在肩上。
5. 口：那裡，ŋe˩to˥ts1˩。

6. 口：爸爸，pa˥pa˧。
7. 口：爸爸又稱 ta˥ta˧。
8. 口：老爺二字合音 la˥。
9. 口：柯，樹 k'a˧椏。
10. 口：用手弄下腋使癢。
11. 口：疑問聲。

表二：

1. 口：骨頭燒灰的樣子。
2. 口：lɔˇ 一斤。
3. 口：虎吼聲。
4. 口：沒有。
5. 口：寒冷的樣子，如 lo˥lo˥ 寒ㄅ。

7. 口：唸經，阿彌陀佛。
8. 口：航髒，o˧sa˥。
9. 口：肚子，t'u˥lo˩。
10. 口：用手按壓。
11. 口：用手指挖，如 k'ɤ˥鼻屎。

表三：

1. 口：用舌頭舔。
2. 口：黑漆漆的樣子。
3. 口：麻雀，ma˧tia˥ts1˩。
4. 笓：用手抓背。
5. 口：摸。
6. 犄：蜘蛛，tɕ'ia˧lo˩。

7. 口：阻礙，如調戲人叫 n̩ io˧n̩ ia˧。
8. 口：勿要兩字的合音。
9. 口：鳥，鵰。
10. 口：輕輕地，p'iɔ˩p'iɔ˩ts1˧。
11. 口：調換。
12. 叫：哭。

表四：

1. 煨：東西埋在火裡燒熟。
2. 碓：舂米器具。

3. 鉈：秤錘。
4. 膈：手指上的紋。

表五：

1. 口：乜，做什麼？怎麼樣？tsoˇmei˥。
2. 口：係，表肯定，相當於是字。

3. 口：那，那一個 nai˥ke˥。
4. 口：m̩˧唔。表否定，相當於不字。
5. 口：ŋ˧，表否定，如 ŋ˧ne˩指不是。

表六：

1. 口：低著頭，k'en˥lɔ˩。
2. 口：平整。
3. 口：結凍。

4. 口：水缸。
5. 口：飽滿，如花生很 nan˩。
6. 口：扛在肩膀上。

表八：

1. 罃：陶器或玻璃製的大瓶子或甕。
2. 有：空而無實。
3. 口：乩童因神附體而舞動稱 t'iˇsaŋˊ。
8. 口：腊，瘦肉。
9. 口：匿，躲藏。

4. 口：頷。
5. 口：碰撞聲。
6. 口：水聲，tɕinˇkuŋˉ。
7. 口：把東西束起來。
10. 口：𦣞，看守，如niaŋˇ牛。

表九：

1. 口：丟。
2. 口：晃過去，如馬vitˊ尾。
3. 口：用手指招。
4. ：植物的刺。
5. 口：打呃，taˌetˌ。
6. 口：喂，喚人狀聲。
7. 口：打呃，taˌetˊtukˉ。
8. 口：用火灼人。

9. 口：用指甲刮。
10. 口：咬。
11. 口：丟掉。
12. 口：滴答聲。
13. 口：圾，垃圾latˊsatˊ。
14. 口：挾死，katˊs1ˌ。
15. 口：雁鵝，ŋatˊŋoˌ。

表十：

1. 口：腐朽。
2. 口：凹下去的地方或小洞。
3. 口：用手弄彎。
4. 口：以手觸弄人。
5. 口：羊拉屎叫nutˌs1ˌ。
6. 口：脫落。
7. 口：用口噴水。
8. 口：水溢出。
9. 口：錢一撮叫itˌ tutˊ。
10. 口：擦。

11. 口：打呃，taˌetˊkutˊ。
12. 口：罵人叫luotˌ。
13. 口：騙，耍。
14. 口：以火掩灰。
15. 口：抹。
16. 口：女性生殖器。
17. 口：劈。
18. 口：以指撥開。
19. 口：以指挖取。
20. 口：吱喳不停。

表十一：

1. 口：萵苣，makˌts1ˊ。
2. 口：不規矩，fitˌfitˌfakˌfakˌ。
3. 凹下去的長條形狀。
4. 口：以物摔人。
5. 劃：又唸faˇ。
6. 口：狀兩物推合聲。
7. 口：搓，nakˉ，如nakˉ圓子指搓湯圓。
8. 口：吵雜聲tsitˊ tsitˌtsakˌ tsakˊ。

9. 口：折，分開。
10. 口：用兩手扼。
11. 口：端東西的動作。
12. 口：滴雨聲。
13. 口：東西過熟。
14. 口：呆痴。
15. 口：選擇。
16. 口：以手敲擊。
17. 口：敲東西吵擊叫tɕitˊtɕitˊk'okˊ k'okˊ。

23.□：用繩索綁。
24.□：以手打臉，同摑字義。
25.□：以手從遠處招呼。
26.□：筶，竹敊。
27.□：濁又讀，淋病叫 p'et ⌐ ts'uk ⌐。

18.□：蠕動。
19.□：小泡。
20.□：以尖器刺人。
21.□：劈。
22.□：兜小孩小便。

肆　比較音韻

一　文白異讀的比較

　　瑞金語音中，一個字有文白兩讀的現象並不多，依現有資料看來，大都是文白同音及文白各不相關❶所以從這少部分的文白異讀音要找出它們區別的規律是很不可能的事。在這裡，只把聲母、韻母、聲調異讀的現象做個對應性的比較而已。

㈠　聲　　母

文　言—白　話：　　　例　　　　　　字

　/ p / —/ p′/：/ pɑi ㄝ /—/ p′ɑi ㄝ /（敗），

　　　　　　　　/ pin ㄝ /—/ p′iɑŋ ㄝ /（病）。

　/ f / —/ v /：/ fa ㄝ /—/ vak ㄧ /（劃），

　　　　　　　　/ fei ㄝ /—/ voi ㄝ /（會）。

　　　—/ k /：/ fuŋ ㄥ /—/ koŋ ㄝ /（虹）。

　/ v / —/ ø /：/ vu ㄌ /—/ ŋ̩ 」/㈤，/ vu ㄝ /—

　　　　　　　　/ ŋ ㄝ /（誤）。

　　　—/ m /：/ vən ㄥ /—/ mun ㄥ /（蚊），

　　　　　　　　/ voŋ ㄝ /—/ moŋ ㄝ /（望）。

　　—/ ŋ /：/ vɑi ㄝ /—/ ŋoi ㄝ /（外）。

/ t' / —/ ɕ / : / t'ien ˩ / —/ ɕie ∧ /（舐）。

/ l / —/ t / : / lin ˩ / —/ tiaŋ ˥ /（嶺）。

/ ts / —/ tɕ / : / tsa ˩ / —/ tɕie ˥ /（者）。

　　　　　　/ tsu ˥ / —/ tɕie ˥ /（豬）

　　　　　　/ tsu ˩ / —/ tɕie ˩ /（煮）

　—/ t / : / tsok ˧ / —/ tok ˧ /（琢）

/ s / —/ t / : / sun ∧ / —/ tun ˥ /（諄）。

/ tɕ / —/ k / : / tɕiɔ ˅ / —/ kiɔ ˅ /（叫）

　　　　　　/ tɕia ˅ / —/ ka ˅ /（嫁）。

　　　　　　/ tɕiɔ ˅ / —/ kɔ ˅ /（教）。

　　　　　　/ tɕie ˥ / —/ kie ˥ /（鷄）。

　　　　　　/ tɕioŋ ˥ / —/ koŋ ˥ /（江）

　　　　　　/ tɕiɔ ˅ / —/ kok ˩ /（覺）

　—/ ts' / : / tɕiu ˥ / —/ ts'a ˥ /（
　　（車）

　—/ ts / : / tɕin ˩ / —/ tsaŋ ˩ /（整）。

/ tɕ' / —/ ɕ / : / tɕ'iu ˅ / —/ ɕiu ˅ /（去）

　—/ ts' / : / tɕ'in ∧ / —/ ts'aŋ ∧ /
　　（程）。

　—/ k' / : / tɕ'ioŋ ˥ / —/ k'oŋ ˥ /
　　（筐）。

/ ȵ / —/ t / : / ȵiɔ ˩ / —/ tiɔ ˥ /（鳥）。

/ ɕ / —/ k / : / ɕiu ˅ / —/ kɔ ˥ /（酵）。

　—/ h / : / ɕi ˥ / —/ he ∧ /（溪）。

/ ɕia ↘ / —/ ha ↘ / （下）。

—/ tɕ' / : / ɕioŋ ↘ / —/ tɕ'ioŋ ↘ /
（像）。

/ ɕiuŋ ˥ / —/ tɕ'iuŋ ˄ /
（松）

/ k / —/ l / : / ko ˩ / —/ lok ˥ / （裸）。

—/ tɕ / : / kuŋ ˥ / —/ tɕiuŋ ˥ / （弓）

/ kat ˩ / —/ tɕiak̲ ˩ / （胛）

—/ f / : / kut ˩ / —/ fut ˩ / （窟）。

—/ k' / : / ka ˥ / —/ k'a ˄ / （家）。

/ k' / —/ h / : / k'ɤ ˩ / —/ hɤ ˩ / （口）

—/ f / : / k'u ˩ / —/ fu ˩ / （苦）。

/ k'u ↘ / —/ fu ↘ / （褲）

/ h / —/ k / : / hok ˩ / —/ kok ˩ / （郝）。

/ ø / —/ ȵ / : / ioŋ ↘ / —/ȵioŋ ↘ / （讓）。

—/ l / : / ər ˩ / —/ 1ɤ ˩ / （耳）。

/ ər ˩ / —/ 1ɤ ˄ / （爾）

—/ ȵ / : / ər ˩ / —/ȵi ↘ / （二）。

說　明：

瑞金 21 個聲母中/ p'，m，t，n，ts'，ŋ/等六個
聲母在文言和白語裡都沒有改變，例如：（麥）字文言讀/ met
˩ /，白話讀/ mak ˥ /。這些聲母不變韻母改變的文白異讀
以及聲母和韻母都改變的現象，如（程）字，文言讀/ tɕ'in
˄ /，白話讀/ ts'aŋ ˄ /在此一併列入韻母中比較。

㈡　韻　母

韻母文白異讀字，有些異讀現象相同的字很多，有的卻只有一個字是這種異讀現象，爲了明瞭最常見的異讀現象，下面的比較就依文白異讀例字的多寡爲排列的次序。

文　言—　白話：　　例　　　　　字

/ in / —/ iaŋ / : / pin ∨ / —/ p'iaŋ ∨ / （病），

/ p'in ∧ / —/ p'iaŋ ∧ / （平）。

/ min ∨ / —/ miaŋ ∨ / （命）

/ min ∧ / —/ miaŋ ∧ / （明）

/ lin ⌐ / —/ tiaŋ ⌐ / （嶺）

/ tɕin ⌐ / —/ tɕiaŋ ⌐ / （頸）

/ tɕ'in ∧ / —/ tɕ'iaŋ ∧ / （晴），

/ tɕ'in ⌐ / —/ tɕ'iaŋ ⌐ / （輕）。

/ tɕ'in ⌐ / —/ tɕ'iaŋ ⌐ / （請），

/ ɕin ∨ / —/ ɕiaŋ ∨ / （性）（姓）

/ ɕin ⌐ / —/ ɕiaŋ ⌐ / （醒），

/ in ∧ / —/ iaŋ ∧ / （營）（贏）

／en／—／ɑŋ／：／tsen˥／—／tsɑŋ˥／（爭）
　　　　　　／sen˥／—／sɑŋ˥／（生）
　　　　　　（甥）（牲），
　　　　　　／sen˩／—／sɑŋ˩／（省），
　　　　　　／ken˅／—／kɑŋ˥／（更）
　　　　　　（羹），
　　　　　　／hen˄／—／hɑŋ˄／（行）。
／et／—／ɑk／：／p'et˥／—／p'ɑk˥／（白）
　　　　　　／met˩／—／mɑk˥／（麥），
　　　　　　／ket˩／—／kɑk˩／（格），
　　　　　　／k'et˩／—／k'ɑk˩／（客）。
／u／—／ŋ̣／：／vu˩／—／ŋ̣˩／（五）（午），
　　　　　　／vu˅／—／ŋ̣˅／（誤）
　　　　　　／vu˄／—／ŋ̣˄／（吳）（蜈）。
／ei／—／oi／：／fei˅／—／voi˅／（會），
　　　　　　／mei˄／—／moi˄／（媒）
　　　　　　／pei˅／—／poi˅／（背），
　　　　　　／p'ei˄／—／p'oi˄／（賠）
　　　　　　／fei˥／—／foi˥／（灰）。
／ər／—／ɤ／：／ər˩／—／lɤ˩／（耳），
　　　　　　／ər˄／—／lɤ˄／（爾）（汝）
／ue／—／oi／：／ue˥／—／voi˥／（煨），
　　　　　　／ŋue˅／—／ŋoi˅／（礙），
　　　　　　／k'ue˥／—／k'oi˥／（開）。

/ en / —/ un / ： / men ʌ / —/ mun ʌ / （門），

　　　　　　　　/ pen ˩ / —/ pun ˩ / （本），

　　　　　　　　/ fen ˩ / —/ fun ˩ / （粉）。

/ it / —/ iak / ： / tɕit ˧ / —/ tɕiak ˧ /（跡），

　　　　　　　　/ ɕit ˧ / —/ ɕiak ˧ / （惜）

　　　　　　　　（錫），

/ i / —/ e / ： / t'i ʌ / —/ te ʌ / （啼），

　　　　　　　　/ ɕi ˥ / —/ he ʌ / （溪），

/ u / —/ ie / ： / tsu ˩ / —/ tɕie ˩ / （煮），

　　　　　　　　/ tsu ˥ / —/ tɕie ˥ / （豬）。

/ ie / —/ ia / ： / ie ʌ / —/ ia ʌ / （也），

　　　　　　　　/ ɕie ˥ / —/ ɕia ˥ / （些）

/ ia / —/ a / ： / ɕia ˎ / —/ ha ˎ / （下），

　　　　　　　　/ tɕia ˎ / —/ ka ˥ / （嫁）

/ ai / —/ oi / ： / lai ʌ / —/ loi ʌ / （來），

　　　　　　　　/ vai ˎ / —/ ŋoi ˎ / （外）。

/ in / —/ aŋ / ： / tɕin ˩ / —/ tsaŋ ˩ /（整），

　　　　　　　　/ tɕ'in ʌ / —/ ts'aŋ ʌ /

　　　　　　　　（程）。

/ ioŋ / —/ oŋ / ： / tɕ'ioŋ ˥ / —/ k'oŋ ˥ /

　　　　　　　　（筐），

　　　　　　　　/ tɕioŋ ˥ / —/ koŋ ˥ /

　　　　　　　　（江）。

/ ər / —/ i / ： / ər ˎ / —/ ȵi ˎ / （二）。

/ɑ/—/ie/:/tsɑ˩/—/tɕie˥/(者)。

—/ɑk/:/fɑ˥˩/—/vɑk˥/(劃)。

/o/—/e/:/ŋo˩˥/—/ŋe˩˥/(我)。

—/ok/:/ko˩/—/lok˥/(裸)。

/iu/—/ɔ/:/ɕiu˥˩/—/kɔ˥/(酵),

—/ɑ/:/tɕiu˥/—/ts'ɑ˥/(車)。

/iɔ/—/ɔ/:/tɕiɔ˥˩/—/kɔ˥˩/(教)。

—/ok/:/tɕiɔ˥˩/—/kok˧/(覺)。

/in/—/iun/:/tɕ'in˥/—/tɕ'iun˩/

(菌)。

/ɑn/—/uon/:/pɑn˥˩/—/puon˥˩/(半)

/ien/—/ie/:/t'ien˩/—/ɕien˩˥/

(舐)

/ɑŋ/—/oŋ/:/tɑŋ˥/—/toŋ˥/(當)。

/uŋ/—/oŋ/:/fuŋ˩˥/—/koŋ˥/(虹)。

—/iuŋ/:/kuŋ˥/—/tɕiuŋ˥/

(弓)。

/iuŋ/—/iɑŋ/:/ɕiuŋ˥/—/ɕiɑŋ˥/

(兄)。

/it/—/iut/:/it˧/—/iut˧/(縊)。

/ɑt/—/iɑk/:/kɑt˧/—/tɕiɑk˧/(胛)

/uot/—/ɑt/:/mout˧/—/mɑt˧/(抹)。

說　明:

　　依照上列文白的對應情形加以歸納，可以很清楚的看出瑞金的白話音多半與客語相同。例如病、命、醒、請、晴、………等字，白話讀／iaŋ／，客語也讀成／iaŋ／❷ "五、伍、午………"等字，白話讀／ŋ／，客語也讀成／ŋ／❸。至於瑞金的文言音，多半是受外來的影響，尤其北方是歷代首都所在地，也是政教文化中心，所以瑞金的讀書音（文言）受北方官話的影響最大。例如："二"字，文言讀／ər／，和國語的／ər／❹一致。又如："跡、惜、錫………"等字，文言讀／it／與國語無塞音尾讀成／i／很近。其他各例也幾乎都是這種現象。

㈢　聲　　調

　　在聲調方面，瑞金的文言和白話都有陰平、陽平、上聲、去聲、陰入、陽入六個調。但有些白話音的調發生變化，因而與文言音成為異讀現象，可惜例字不多，找不出規律，只能把它當作幾個特例看待。例如：

文　　言－白　話：例　　　　　　　　　字

／ㄱ／—／ʌ／：／ɕiuŋ ㄱ／—／tɕ'iuŋ ʌ／
　　　　　　　　（松），

　　　　　—／ㄥ／：／tsaŋ ㄱ／—／tsaŋ ㄥ／（正）。

／ʌ／—／」／：／tɕ'in ʌ／—／tɕ'iuŋ 」／（菌）。

　　　　　　　／p'u ʌ／—／p'u 」／（扶），

　　　　　—／ㄱ／：／ɕie ʌ／—／ɕia ㄱ／（些）。

／」／—／ㄱ／：／lin 」／—／tiaŋ ㄱ／（嶺），

/ tsa⅃ / － / tɕie ⌐ / （者），

/ ɳ̩iɔ⌐ / － / tiɔ ⌐ / （鳥），

/ fen⅃ / － / fuŋ ⌐ / （粉）。

－ / ∧ / ：/ t'ien⅃ / － / ɕie ∧ / （舐）。

/ ⌄ / － / ⌐ / ：/ ɕiu ⌄ / － / kɔ ⌐ / （酵），

/ t'uŋ ⌄ / － / t'uŋ ⌐ / （動）

/ t'uon ⌄ / － / t'uon ⌐ /

（斷），

/ ken ⌄ / － / kɑŋ ⌐ / （更），

/ ts'uŋ ⌄ / － / ts'uŋ ⌐ /

（重）。

/ ⌟ / － / ⌝ / ：/ met ⌟ | － / mɑk ⌝ / （麥）。

說　明：

　　上面特例中"正、鳥、斷、重、動"的變化和梅縣客語文白的變化相同❺：陽平調字"扶"白話讀 / p'u⅃ / 和客語（梅縣陽平爲 ⌟ 11）也相同。依此情形判斷，瑞金白話的聲調也有與客語接近的成分。

二　瑞金語音與客語的比較

　　客家方言有許多次方言（sub-dialect），各次方言之間的語音總有不盡相合的地方。加以客人分布的地域很廣，難以畫出很清楚的等語線（isoglosses），近代研究客語的學者有的分成五大區❻，有的分成七大區❼，但說明語音時都以梅縣客語爲對象。梅縣過去稱嘉應州，轄有興寧、五華、平遠、蕉嶺四縣，是客家的文化政治中心，所以當地語音一直被認爲是標準的客家話，保存了最完整的客家語音特徵，加以會說梅縣客語的人特別普遍。因此本文就拿袁氏漢語方言概要的梅縣音系❽來和瑞金語做個比較；並參看台灣美濃客家方言❾。

(一) 聲　　母

瑞金—梅縣：例　　　　　　字

/ p / — / p / ：巴，布，班，表，北。

/ p' / — / p' / ：被，伴，符，白，平。

/ m / — / m / ：眉，妙，蚊，網，沒。

/ f / — / f / ：封，夫，腐，虎，發。

　　　　　 — / p' / ：肥，吠，縫，馮。

/ v / — / v / ：文，汪，物，未，王。

　　　　　 — / m / ：味，問，尾。

/ t / — / t / ：都，當，冬，敦，底。

　　　　　 — / l / ：李，龍，狸，綠，六。

/ t' / — / t' / ：偷，甜，桃，堂，毒。

/ n / — / n / ：奴，耐，南，內，能。

/ l / — / l / ：羅，路，來，亂，鹿。

/ ts / — / ts / ：做，子，尊，縱，則。

/ ts' / — / ts' / ：自，材，造，餐，族。

/ s / — / s / ：三，死，山，稅，叔。

/ tɕ / — / ts / ：酒，祭，豬，周，椒。

　　　　　　—／k／：居，九，減，價，交。

　　／tɕ'／—／ts'／：秋，前，就，賤，淨。

　　　　　　—／k／：期，丘，企，欠，腔。

　　／n̥／—／n̥／：熱，人，軟，認，日。

　　　　　　—／ŋ／：魚，遇，願，宜，迎。

　　／ɕ／—／h／：香，休，虛，效，獻。

　　　　　　—／s／：須，洗，心，宣，雪。

　　／k／—／k／：改，耕，公，古，格。

　　／k'／—／k'／：科，快，看，坤，克。

　　／ŋ／—／ŋ／：瓦，眼，五，我，嶽。

　　／h／—／h／：好，侯，杭，海，合。

　　／ø／—／ø／：野，油，秧，用，若。

說　明：

　　觀察上面聲母的對應情況我們可以發現瑞金和客語有幾點不同：

(1)／k，k'h／和／ts，ts'，s／兩組聲母在梅縣沒有顎化現象，在瑞金凡後面接細音時都變成／tɕ，tɕ'，ɕ／。

(2)中古來母字／l／，在梅縣一律唸／l／，在瑞金部分三等字變成／t／。

(3)中古疑母字／ŋ／，梅縣都唸／ŋ／，在瑞金接細音時唸成／n̥／。

(4)部分奉母字如"肥、縫、吠、馮"梅縣爲送氣雙唇音／p'／瑞金卻唸輕唇的／f／。

(5)部分微母字如"味、問、尾"梅縣唸雙唇鼻音／m／，瑞金卻

唇齒音 / v / 。

依照前面的比較，列一個聲母對照表：

瑞金	p	p′	m	f		v	t	t′	n	l	ts	ts′	s
梅縣	p	p′	m	f	p′	v	m	t	l	t′	n	l	ts	ts′	s

瑞金		tɕ	tɕ′	ɲ		ɕ	k	k′	ŋ	h	ø
梅縣	k	ts	k′	ts′	ŋ	ɲ	h	ɕ	k	k′	ŋ	h	ø

(二) 韻　　母

(1) 陰聲韻

瑞金—梅縣：例　　　　　字

/ ɿ / — / ɿ / ：資，子，次，思，指。

/ i / — / i / ：比，皮，利，西，汽。

/ e / — / ɑ i / ：拜，鞋，買，態，界。

　　——／iɑi／：街，皆，解。

／ɑ／——／ɑ／：茶，麻，遮，家，怕。

　　——／uɑ／：瓜，寡，卦，跨。

／ɔ／——／ɑu／：保，拋，炮，矛，牢。

／o／——／o／：波，所，鵝，左，禍。

／ɤ／——／eu／：斗，漏，偷，偶，厚。

／u／——／u／：布，斧，捕，路，除。

／ie／——／i／：企，騎，寄。

　　——／e／：蟻，泥，洗，細，鷄。

　　——／u／：豬，煮，鼠。

／ue／——／uɑi／：乖，快，拐，怪。

　　——／oi／：代，害，亥。

／iɑ／——／iɑ／：借，且，謝，些，卸。

／iɔ／——／iɑu／：苗，表，消，尿，笑。

／ei／——／i／：杯，被，每，圍，威。

／ɑi／——／ɑi／：懷，矮，債，裁。

／ui／——／ui／：醉，對，水，悴，碎。

／iu／——／iu／：流，秋，袖，九，求。

　　——／i／：遇，羽，驅，娶，鬚。

説　明：

　　在陰聲韻中，瑞金和梅縣都沒有元音／y／，這是瑞金和梅縣韻母相近的一大明證。一般方言裡／y／元音都是中古“魚虞”韻的字音，而梅縣這些字（如遇語羽鬚等）都唸／i／，瑞金都唸／iu／。

除了／i／，／iu／的差別以外，瑞金和梅縣在陰聲韻上的差別並不大，為了清楚起見，列表對照如下：

開	瑞金	ɿ	e		ɑ	ɔ	ɤ	ei	ai	
	梅縣	ɿ	iɑi	ai	ɑ	ɑu	au	o	eu	i	ɑi
齊	瑞金	i	ie		iɑ	iɔ		iu		
	梅縣	i	i	e	u	iɑ	iɑu	iu	i	
合	瑞金	u		ue			ui		
	梅縣	u	uɑi		oi		ui		

表上相對而不同的音有／e／：／ɑi／，／ɔ／：／ɑu／，／ɤ／：／eu／，／ei／：／i／，／iɔ／：／iɑu／五對，／ɑ／在梅縣有開合口之分，瑞金都唸成開口。／ie／和／i，e，u／的對應比較複雜，梅縣的"企、騎、寄"等字唸／i／，"泥、蟻、細"等字唸／e／，"豬、煮、鼠"等字唸／u／，而瑞金一律唸做／ie／。其他瑞金／ue／音梅縣有唸／uɑi／與／oi／的分別，這種現象的字並不多。除以上的差異以外其餘的／ɿ，o，ɑi，i，iɑ，u，ui／等韻母，都是兩地完全一致的。

(2) **陽聲韻**

瑞金—梅縣：例　　　　字

／en／—／en／：根，能，爭，恩，朋。

　　　　—／uen／：耿，亘。

　　　　—／em／：森，參。

／ɑn／—／ɑn／：班，反，蘭，單，山。

　　　　—／ɑm／：凡，貪，南，甘，暗。

／in／—／in／：兵，人，秦，精，仁。

　　　　—／im／：林，心，今，琴，飲。

　　　　—／ən／：神，珍，身，程，成。

　　　　—／əm／：針，枕，深，沉，甚。

／ien／—／iɑn／：扁，田，千，年，煙。

　　　　　—／iɑm／：漸，嫌，欠，添，炎。

／ion／—／ien／：全，原，圈，願，犬。

／iun／—／iun／：君，群，勻，訓，運。

／un／—／un／：敦，倫，尊，吞，混。

／uon／—／uon／：官，觀，冠，貫。

　　　　　—／on／：端，團，算，轉，亂。

　　　　　—／an／：半，叛，般。

／ɑŋ／—／ɑŋ／：彭，橫，硬，坑，羹。

／oŋ／—／oŋ／：旁，唐，杖，康，王。

　　　　—／uoŋ／：光，廣。

／iaŋ／—／iaŋ／：命，請，輕，影，平。

／ioŋ／—／ioŋ／：涼，槍，香，將，羊。

／iuŋ／—／iuŋ／：松，誦，胸，容，用。

／uŋ／—／uŋ／：風，東，痛，中，送。

說　明：

　　陽聲韻裡，瑞金和梅縣最大的區別是梅縣有／－m，－n，－ŋ／三個鼻音韻尾，而瑞金只有／－n，－ŋ／二個，其間梅縣比瑞金多的／－m／，瑞金都唸成／－n／，也就是說梅縣和瑞金的鼻音尾成m／n：n，ŋ：ŋ的對比。其他細部的差異，為了清楚起見，仍列一表以明之。

介音＼韻尾		－n －m					－ŋ		
開	瑞金	en		ɑn			ɑŋ	oŋ	
	梅縣	en	uen	em	ɑn	am	ɑŋ	oŋ	uoŋ
齊	瑞金	in		ien	ioŋ	iɑŋ	iaŋ		
	梅縣	in	im	ən	əm	iɑn	iɑm	ien	iɑŋ	iaŋ
合	瑞金	un		uon		iun	uŋ	iuŋ	
	梅縣	un		uon	on	ɑn	iun	uŋ	iuŋ

　　從表上看，除了前面所說的差異外，梅縣的／ on ／及部分
／ɑn／字音瑞金都唸合口的／ uon ／。梅縣的／ ən，əm ／
兩音，瑞金合／ in，im ／一併唸成／ in ／，所以在梅縣"
人、心、神、針"四個不同韻的字瑞金都讀成相同的／ in ／。
收／－ŋ／的各韻字瑞金和梅縣兩地的對比非常一致，所以從收
／－ŋ／的字音看兩地的語音極相近。

(3)　**入聲韻**

　　　瑞金—梅縣：例　　　　　　字
　　／ et ／—／ et ／：德，澤，色，革，北。
　　　　　—／ ep ／：澀。
　　　　　—／ uet ／：國。
　　／ɑt／—／ɑt／：八，髮，滑，達，折。
　　　　　　—／ɑp／：答，納，法，鴨，眨。
　　／ it ／—／ it ／：七，日，歷，筆，溺。
　　　　　　—／ ip ／：立，入，習，急，集。
　　　　　　—／ et ／：密。
　　　　　　—／ ep ／：濕，汁，十。
　　　　　　—／ et ／：失，食，實。
　　／ iet ／—／ iet ／：別，滅，切，熱，鐵。
　　　　　　—／ iɑp ／：接，頁，貼，獵，葉。
　　　　　　—／ɑt／：舌。
　　／ iot ／—／ iet ／：閱，月，決，雪，穴。
　　／ iut ／—／ iut ／：曲，鬱。

　　　　　　　　　—／ i t／：橘，律。

　　／ u t／—／ u t／：沒，出，骨，物，突。

　／ u o t／—／ o t／：割，喝，刷，脫，拙。

　　　　　　　　—／ɑ t／：抹，鉢，潤，活。

　　　　　　—／ u a t／：刮。

　／ɑ k／—／ɑ k／：赤，摘，曆，<u>百</u>，<u>客</u>。

　／ o k／—／ o k／：剝，莫，著，落，角。

　　　　　—／ u o k／：郭，廓。

　／ i ɑ k／—／ i ɑ k／：壁，劈，額，逆，跡。

　／ i o k／　—／ i o k／：略，雀，弱，削，藥。

　／ i u k／—／ i u k／：足，俗，局，玉，欲。

　／ u k／—／ u k／：木，服，竹，族，谷。

說　明：

　　根據以上的比照，知道瑞金和梅縣在入聲韻裡最大的不同是梅縣有／－ p，－ t，－ k／三個塞音尾，瑞金只有／－ t，－ k／兩個。而梅縣讀／－ p／的字音，瑞金都收／－ t／，那麼梅縣和瑞金在塞音尾的對比情形是 p／ t：t，k：k 其現象和陽聲韻一樣。至於細節的對應則比陽聲韻的對應稍複雜，要了解其相對應的情形可看下表。

　　在入聲韻細部的音位對應裡，梅縣的／ o t／、／ɑ t／、／ u a t／　瑞金都讀成／ u o t／，其他梅縣的／ u e t／、／ə p／、／ə t／、／ u o k／等音位只有少數幾個字而已。所以從整個入聲韻看來瑞金的韻尾要比梅縣單純多了。

介音＼韻尾			−t −p					−k		
開	瑞金		et			ɑt		ɑk	ok	
	梅縣	et	ep	uet		ɑt	ɑp	ak	ok	uok
齊	瑞金		it		iet	iot	iut	iɑk	iok	
	梅縣	it ip	ɛt əp	ət	iɑt iɑp	ɑt	iet iut it	iɑk	iok	
合	瑞金		ut		uot		uk	iuk		
	梅縣		ut	ot	ɑt	uɑt	uk	iuk		

㈢　聲　調

　　　　瑞　　　金—梅　　縣：例　　　　　字

陰　平　／ ˥ 55 ／ ˥ 44 ／：天，高，空。

陽　平　／ ˧ 24 ／—／ ˩ 11 ／：黃，城，南。

上　聲　／ ˩ 11 ／—／ ˧˩ 31 ／：妙，考，緊。

去　聲　／ ˦˨ 42 ／—／ ˥˨ 52 ／：貌，祭，侍。

陰　入　／ ˨ 2 ／—／ ˧ 21：八，鐵，結。

陽　入　／ ˥ 5 ／—／ ˦ 4 ／：拔，末，滑。

歸納一般研究方言特徵的說法，客語可以有七個特點。第一是中古濁塞音，濁塞擦音，濁擦音都變作清音，且濁塞音和濁塞擦音不論平仄聲都一律變作送氣清音。第二是舒聲韻還保留雙唇鼻音尾／－m／。第三是入聲保留了中古／－p／，／－t／，／－k／的韻尾⓫。第四是 h 不配合口韻。第五是沒有撮口音⓬。第六是聲調六個（平入分陰陽，上去不分）。第七是沒有／u－／起頭的字⓭。而七個特點中聲調分陰平、陽平、上聲、去聲、陰入、陽入六類是極重要的特點。現在瑞金和梅縣的聲調都合於這個特點，那麼單就聲調上說瑞金應當屬客語系統是毫無疑問的了。

三　瑞金語音與贛語比較

贛語有一個特點，就是中古的濁塞音和塞擦音字在贛語一律變送氣清音，這點和客家話的特點一樣。所以有人把贛客兩方言歸在一起稱贛客家。但是，贛語受下江官話及湘方言的影響很大，因此有人又把贛語分成客贛和湘贛兩支：客贛指江西南部各地，曾經是客家南遷的重地⓮；另一支稱湘贛，在湖南、江西兩省相鄰的縣份以及湖北東南一帶。

南昌話是贛語中沒有客家話特殊現象的方言（例如魚韻字唸／i／或／iu／而不用撮口音／y／），與客語無特殊親密的關係，所以用南昌話來代表贛語。現在，就拿南昌話和瑞金話做比較，希望藉此了解瑞金方言是近於贛語還是客語。所用材料是楊時逢先生的南昌音系（史語所集刊第三十九本上冊第 125－204）參考袁氏書中討論贛方言的一章。

㈠　聲　　母

聲母																								
瑞金	p	p'	m	f	v	m	t	t'	n	l	ts	ts'	s	tɕ	tɕ'	ȵ	ɕ	k	k'	ŋ	h		∅
南昌	p	p'	m	f	∅		t	l	t'	l	ts	ts'	s	tɕ	tɕ'	ȵ	ɕ	k	k'	ŋ	h	ŋ	∅
例字	布	步	棉	貨	臥	望	都	龍	吞	腦	老	早	川	衝	九	全	牛	心	高	共	牙	項	哀	衣

　　在聲母方面，瑞金和南昌的系統很相近，它們之間只有四個不同的對應：

㈠　／ v，m ／和／ ∅ ／：微母字 " 無、味、微、文⋯⋯⋯ " 等，在南昌是以／ u − ／起首的無聲母，瑞金不是讀成唇齒音／ v ／，就是讀成雙唇音／ m ／（如望、網、蚊⋯⋯⋯ " 等字），這個現象是瑞金和客語一致的地方（客語沒有以／ u − ／起首的字音）。

㈡　／ t，l ／和／ l ／：瑞金有一個很特別的現象，就是部分中古來母字，瑞金在細音之前往往讀成與端母相同的／ t ／（如龍、梨、貍、粒⋯⋯⋯等字），而南昌則全無這種現象。

㈢　／ n，l ／和／ l ／：泥母接洪音的 " 濃、暖、南、嫩 " 與來母的 " 礱、卵、藍、論 " 二組字，在瑞金前者讀／ n ／後者讀／ l ／不會混淆（" 弄 " 讀／ luŋ ＼ ／例外），而南昌卻不分泥來一律讀成／ l ／。這種／ n，l ／不分的情形是贛客不同的現象之一❶❺。

㈣ / ŋ，ø / 和 / ø /：南昌有一部分中古屬影母的字（如哀、襖、暗）是以 / ŋ－ / 起首的，而瑞金則爲無聲母。除了上述四條顯著的差異外，其餘的聲母兩地情況極爲一致。例如 / ts，ts'，n，s / 之後接洪音時顎化成 / tɕ，tɕ'，ȵ，ɕ / ；/ k，k'，ŋ，h / 接細音時也顎化成 / tɕ，tɕ'，ȵ，ɕ / 。

㈡ 韻 母

瑞金和南昌在韻母上最顯著的差別有三處。其一爲瑞金沒有元音 / y / ，而南昌的 " 豬、女、居、徐⋯⋯⋯ " 等字都是以單元音 / y / 爲韻母的；其二爲瑞金只有 / i，u / 兩個介音，而無完整的介音 / y / ❻，而南昌卻有 / i，u，y / 三個對比完整的介音。例如瑞金有 / io，uo / 卻沒有 / yo / ，而南昌有 / iɑ，uɑ，yɑ / ，又如瑞金有 / ion，uon / 卻沒有 / yon / ，而南昌有 / ien，uən，yen / ❼，再如瑞金有 / iot，uot / 卻沒有 / yot / ，而南昌有 / iɛt，uɛt，yɛt / ；其三是瑞金只有 / － t，－ k / 兩個塞音尾，而南昌有 / － t，－ ʔ，－ l / 三個入聲韻尾❽。其中 / t / 和 / t / 對應，喉塞音 / ʔ / 和 / － k / 對應，/ － l / 只有 " 忽、骨、物 " 三個字也和瑞金的 / － t / 對應。以上是針對其特殊現象而言，至於細部的差別，在此用陰聲、陽聲、入聲三種韻尾比較說明如下：

⑴ 陰聲韻

	詩目	西衣	宰台	沙家	寡瓦	早包	波火	果臥	蘇布	偷口	騎細	豬女	野謝	靴茄
瑞金	ɿ	i	e	a		ɔ	o		u	ɤ	ie		iɑ	io
南昌	ɿ	i	ai	a	uɑ	au	o	uo	u	ɜu	i	y	iɑ	ya

	標天	銚	騎洗	貝被	飛圍	海矮	帥歪	歲灰	腿稅	桂追	牛秋	拘居	手周
瑞金	iɔ	ou	i	ie	ei	ai		oi	ue	ui	iu		
南昌	ieu		i	ui		ai	uɑi	ui			iu	y	eu

1. 單元音：

　　從單元音的個數比較，瑞金比南昌多了／e，ɔ，ɤ／三個複元音與之對應，而瑞金的／ɔ／是近乎〔 ɑo 〕的單元音，／e／單獨成為韻母時實際語音是〔 ɛ 〕[19]，而且瑞金又有／ɑi／的音位，所以／e，ɔ／與／ɑi，ɑu／的差別很有限。倒是瑞金的單元音／ɤ／南昌為複元音／ɛu／是比較特別的對應。當然，最特出的是南昌的／y／，瑞金都讀／iu／或／ie／，也就是說瑞金沒有撮口的單元音／y／，這是贛客區別的一大特點。例如"書，拘，居，女……"等字，南昌讀／y／，瑞金一律

讀 / iu / 。除了 / e , ɔ , ɤ , y / 四個單元音兩地都
有上述不同的對應外， / ɑ , o / 在南昌有開合口之分（
有 / ɑ , uɑ , o , uo / ） ，瑞金則一律爲開口的 / ɑ
, o / 。 / i / 在南昌除了與瑞金 / i / 對應外，另與 /
ie / （如騎、細、洗）及 / ei / （如貝被）對應。由
此算來，瑞金和南昌在單元音上只有 / l , u / 是完全一
致的。

2. 複元音：

從複元音的個數算起來，瑞金有 / ie , iɑ , io , iɔ
, uo , ei , ɑi , oi , ue , ui , iu / 等十一個，
而南昌有 / ie , iɑ , yɑ , ieu , uo , eu , ɑi ,
uɑi , uɑ , ui , iu , ɛu , ɑu / 等十三個。它們之
間的差別，除與單元音 / e , ɔ , ɤ / 成對應的 / ɑi ,
ɑu , ɛu / 而外，兩地複元音對應的情形有三種：(A)兩
地成一對一的有 / iɑ / : / iɑ / , / io / : / yɑ /
, / iɔ / : / ieu / 三對。(B)只有單方出現而沒有對應
的有瑞金的 / uo / （如鉈膈），南昌的 / ie / （如去、
魚），兩音都只在白話中出現。而南昌也有 / uo / 音位
，但不與瑞金的 / uo / 對應，而與 / o / 成對應；瑞金
也有 / ie / 音位，但不與南昌的 / ie / 對應，而與 /
i , y / 成對應。(C)兩地成一對二的有瑞金的 / ei / 南
昌爲 / i , ui / 兩個，瑞金的 / ɑi / 南昌爲 / ɑi ,
uɑi /兩個。(D)兩地成一對三的有瑞金的 / iu / 與南昌
的 / iu , y , eu /成對應，南昌的 / ui / 與瑞金的 /

oi，ue，ui／成對應。

(2)陽聲韻

韻尾	—n									—ŋ					
瑞金	in	un	en	ən	ɑn	ien	ion	uon	ien	uŋ	ɑŋ	oŋ	iɑŋ	ioŋ	iuŋ
南昌	in	uən	en	ən	ɑn	ien	yen	on	uon	yie	uŋ	ɑŋ	oŋ	iɑŋ	ioŋ	yuŋ
例字	冰 信	坤 文	登 能	本 孟	膽 顏	天 年	原 選	半 短	官 換	群 運	公 東	生 爭	邦 浪	醒 請	娘 央	用 窮

說　明：

1.〔ən〕在瑞金雖然是語音性的，因為和南昌的 ən 相當，所
以仍加以比較。

2.例字下加橫線表示白話音，但 ɑŋ 及 iɑŋ 兩韻中也有文白不
分的字，如"撐、坑………"等字。

3.陽聲韻在瑞金和南昌同樣只有／－n，－ŋ／兩韻尾，它們的
對應都很整齊，除了瑞金的／uon／在南昌有開合口之分／
on，uon／外，其餘各韻都是一對一的情形。

(3) 入聲韻

南昌和瑞金塞音尾的對應是／t，l／：／t／，／ʔ／：
／k／。其中南昌的／－l／只有少數幾個字而已，那麼從
對應上看兩地的韻尾並沒有多大不同，但從實際語音上看卻
是贛客之間的一大差異。除了以上韻尾的特殊不同而外，兩
地整個入聲相對的情形也比陽聲韻複雜，尤其南昌比瑞金多

了/ ət , uəl , uɑt , oet , uoʔ /五個韻母，結果使瑞金和南昌有/ it / : / it , ət / , / ut / : / uət , ət , uəl / , / ɑt / : / ɑt , uɑt / , / uot / : / uεt , oet / , / ok / : / oʔ , uoʔ /的對應現象。其他如/ iot / : / yt / , / iut / : / yεt / , / iuk / : / yuʔ /的對應，完全是有無介音/ y /的影響而產生音質的改變，但其對應仍是一致的。

韻尾	—t												—k						
瑞金	it		ut			iet	at		iot	uot		iut	uk	ak	iak	ok		iok	ink
南昌	it	ət	ət	uət	uəl	iεt	at	uat	yt	uεt	oet	yεt	uʔ	aʔ	iaʔ	oʔ	uoʔ	ioʔ	yuʔ
例字	必立	賃食	沒佛	突衡	骨物	跌熱	八達	刮滑	橘疫	拙活	每脫	決月	竹篤	石	壁錫	角落	郭	脚藥	六局

(三) 聲　調

調類	陰平	陽平	上聲	陰去	陽去	陰入	陽入
瑞金	˥55	˦24	˩11	˥˨42		˨2	˥5
南昌	˧˩31	˦24	˧˩˧313	˧˥35	˩11	˥55	
例字	三天	桃才	九鬼	蓋放	樹問	竹八	熱落

瑞金和南昌在聲調上最大的不同是瑞金有陰陽兩個入聲，而

南昌只有一個高平的短調。其次瑞金去聲不分陰陽而南昌陰去是高升調，陽去是低平調。

　　丁先生在漢語方言學課裡，講到贛語部分時曾根據江西方言聲調調類 ❷⓪ 做過統計歸納，結論認為贛客在聲調上的區別有二大特點：第一是客語有兩種入聲，贛語只有一種。第二是客語只有一個去聲，贛語有兩種。現在列出江西四十五個縣份的聲調分布情形及其歸屬：

種類	調類	陰平	陽平	上聲	陰去	陽去	陰入	陽入	縣份	備　　　　　　註	方言歸屬
甲	七	1	2	3	4	5	6	7	八	除上聲外，平去入都分陰陽	贛語
乙	六	1	2	3	4	5		6	三	入聲獨立，不分陰陽	贛語
	六	1	2	3		4	5	6	四	去聲不分陰陽	客語
	六	1	2	3	4	5	6		四	古陽入全歸陽去	贛語
	六	1	2	3	4	5		6	一	古陰入全歸陽平	贛語
	六	1	2	3		4	5	6	二	一處陰去歸陽平，一處歸上聲	客語
丙	五	1	2	3		4		5	八	去入都不分陰陽	贛語
	五	1	2	3	4			5	一	古陽去全歸陽平	贛語
	五	1	2	3	4	5			一	古入聲全歸陰平	贛語
									二	古入聲全歸陰去	
丁	四	1	2	3	4				一	去聲不分陰陽，入聲歸陰平	官話
	四	1	2	3		4			一	陰去陽入歸上聲，陰入歸陽平	影響

上表中客語的縣分是會昌，龍南，鄔尋，定南，廣豐，石城六縣都在江西東部及南部，都在純客語區的近鄰❷，而瑞金也是有兩個入聲而去聲不分陰陽❷，地點又在會昌、石城之間，應屬客語是合理的歸劃。相反地，南昌話只有一個入聲而去聲分陰陽，雖然同為六種調類，但對應上與瑞金是完全不同的走向。因此，瑞金和南昌聲調的比較及其地域環境都可以給瑞金話的歸屬問題一個很好的注脚。

四　瑞金語音與中古音比較

此處所指的中古音是指切韻廣韻所代表的隋唐時代音，因為贛語及客語都與中古有密切的關係，所以在此和中古音比較，藉以瞭解瑞金音在歷史上縱面的關係和演變。比較時以普林斯頓大學所編方言調查字表❷為主。

㈠　**聲母的比較**：（△：表示少數例外字，下同）

(1)　幫　組：

中古→瑞金：例　　　　　字

幫　→／p／：悲，波，變，冰，北，壁。

　△→／p'／：譜，蝙，轡，遍，卜，迫。

滂　→／p'／：坡，怕，普，屁，胖，樸。

　△→／p／：玻，噴，勃。

並　→／p'／：婆，部，彭，平，袍，雹。

　△→／p／：鰾。

明　→／m／：麻，米，冒，猛，麥，木。

△→／p／：陌。

△→／v／：戊。

非　→／f／：封，夫，販，風，法，發。

△→／p′／：甫，脯。

敷　→／f／：費，副，翻，芬，紡，妃。

△→／p／：捧。

奉　→／f／：扶，肥，煩，墳，伐，乏。

△→／p′／：符，輔，吠。

△→／p／：縛。

微　→／v／：無，未，文，問，萬，微。

△→／m／：蚊，網，襪，<u>望</u>。

說　明：

(A)幫滂並明四母一二三四等都有字，在瑞金除了部份例外字都唸成／p，p′，p′，m／。

(B)非敷奉微四母只在三等有字，除了部份例外字都唸成／f，f，f，v（m）／。

(C)並母在中古爲濁塞音（＊b′），瑞金變成送氣清塞音／p′／，這是贛客一致的現象。

(D)非敷兩母瑞金唸脣齒清擦音／f／，已是脣音清化以後的現象。但少數字（如甫，脯，捧）仍唸重脣的／p′／，／p／，可見其輕脣化尚未完全。

(E)奉母中古爲濁音（＊bv′），在瑞金唸成輕脣的清音／f／，只有少數字（如符，輔，吠）仍保有重脣音唸／p′／。

(F)微母是由明母轉化而來，所以在瑞金有不少字與明母同樣唸成
　／m／（如網，望，蚊），然大部份是唸唇齒濁音／v／，其
　中／v／已有唸成／u－／的傾向❷，由此可得其演變順序：

$$m \rightarrow m \rightarrow v \rightarrow \emptyset$$

(2)　端　組：

中古→瑞金：例　　　　　字

端　→／t／：都，力，單，丁，跌，答。

△→／t'／：堵，妬，堤，墊。

透　→／t'／：拖，土，貪，天，貼，鐵。

定　→／t'／：袋，調，甜，唐，蝶，亭。

△→／t／：隊，掉，跌，燉。

泥　→／n／：奴，腦，南，暖，農，納。

→／n̥／：泥，尿，年，念，捏，暱。

△→／∅／：耨，撚，釀。

△→／l／：弄。

來　→／l／：犂，料，林，蓮，立，蠟。

→／t／：龍，李，良，栗，六，笠。

△→／n／：櫓。

△→／k／：裸。

說　明：

(A)端透兩母只在一四等有字，瑞金除少數端母唸成／t'／以外
　端透讀成／t，t'／。

(B)定母中古爲濁音（*d'－），瑞金都唸成送氣清音／t'／，
　但有部份例外字（如隊，掉，跌，燉）唸成不送氣的／t／。

⒞泥母和娘母情形一致，歸在一起討論，凡出現在一二等的瑞金都唸／n／，出現在三四等的唸／n̠／，更有少部份字唸／ø／（如耨，撚，釀），其中三四等是因顎化關係而變舌面音，無聲母則由於／n̠／消失的結果，它的演變程序是：

$$n \rightarrow n̠ \rightarrow ø$$

⒟來母字一般說來，從上古到現在是變化最少的一個聲紐，無論一二三四等都唸成／l／，但是在瑞金部份來母三等字卻唸成／t／（如李，龍，笠，栗，六………等字）。

⑶　知　組：

中古→瑞金：例　　　　　字

知　→／ts／：蛛，中，張，貞，桌，摘。

　　→／tɕ／：肘，晝，展，珍，鎮，哲。

澈　→／ts′／：冲，痴，暢，撐，欄，拆。

　　→／tɕ′／：抽，徹，趁，逞，偵，飭。

　△→／t／：褚（姓）。

澄　→／ts′／：除，池，傳，蟲，撞，澤。

　　→／tɕ′／：綢，宙，陣，程，纏，值。

　△→／t／：瞪。

　△→／t′／：綻。

　△→／ts／：箸，苧。

　△→／ts′／：峙，儲。

日　→／n̠／：惹，二，人，讓，肉，熱。

　　→／l／：乳，芮，汝，而，耳。

　　→／ø／：如，冉，任，然，戎，擾。

說　明：

(A)知徹澄中古爲塞音，出現在二三等，與端透定出現在一四等爲互補。

(B)由於等的不同，所以知徹澄三母瑞金在洪音前❷都唸成清塞擦音／ ts , ts' , s ／，在細音前❷唸成／ tɕ , tɕ' ɕ ／。

(C)澄母在中古爲濁塞音（ ＊dʑ' ），瑞金變成送氣塞擦音／ ts' ／（洪音前）及／ tɕ' ／（細音前）。

(D)知徹澄三母的三等字由／ ts , ts' , s ／→／ tɕ , tɕ , ɕ ／完全是由於三等字有介音／ i ／而顎化的結果。

(E)日母只出現在三等，受介音／ i ／的影響所以變化很多。在瑞金日母有三種唸法；在開口之前大部份唸成／ȵ－／／ø－／，少數唸／ l ／，在合口之前大部份唸成／ ø ／，少部份爲／ l ／。其中ȵ→ø的現象與泥母 n →ȵ→ø相同，無需再解釋。部份唸／ l ／的字是因爲來母日母都是舌齒音，發音部位極接近所以產生移位的現象。

(4)　精　組：

中古→瑞金：例　　　　　　字

精　→／ ts ／：資，子，醉，租，早，贊。

　　→／ tɕ ／：焦，尖，箭，酒，濟，節。

△→／ tɕ' ／：雀。

清　→／ ts' ／：雌，翠，粗，草，參，擦。

　　→／ tɕ' ／：娶，籤，槍，緝，千，切。

△→／ tɕ ／：砌。

從　→／ ts' ／：疵，悴，造，殘，存，雜。

　　　　→／tɕ′／：就，集，賤，秦，前，截。

　　△→／tɕ／：劑，餞。

　心　→／s／：私，四，笥，蘇，散，薩。

　　　　→／ɕ／：鬚，消，相，洗，西，線。

　邪　→／s／：隨，穗，寺，嗣，祀。

　　　　→／ɕ／：謝，序，囚，羨，祥，旋。

　　△→／tɕ′／：斜，像。

　　△→／ts′／：詞，祠。

説　明：

(A)精清從心四母在一三四等有字，其中一等字及止攝三等字，在
　瑞金分別唸成／ts，ts′，s／。

(B)精清從心四母除止攝以外的所有三四等字在瑞金都受介音／i
　／的影響，顎化成／tɕ，tɕ′，tɕ′，ɕ／。

(C)邪母都是三等字，在瑞金除了止攝字唸成／s／以外，其餘都
　唸成／ɕ／。

(D)從邪二母在中古為濁音（＊dz，＊z），瑞金都變成送氣清音
　／ts′，tɕ′／，，／s，ɕ／。

　(5)　莊　組：（照二）

　　　中古→瑞金：例　　　　　字

　　莊　→／ts／：抓，壯，斬，爭，捉，責。

　　初　→／ts′／：楚，抄，釵，瘡，册，察。

　　床　→／ts′／：柴，巢，愁，棧，狀，鐲。

　　疏　→／s／：沙，所，梢，森，澀，殺。

説　明：

(A)莊初床疏（山），只在二三等有字，而三等的字瑞金都唸成洪
　　音，所以沒有顎化現象，都唸成／ts，ts'，ts'，s／。

(B)床母中古爲濁音（＊dʒ），瑞金唸送氣清音／ts'／。

(6)　章　組（照三）：

　　　　中古→瑞金：例　　　　　字

　　照　→／ts／：主，指，準，鐘，隻，燭。

　　　　→／tɕ／：周，帚，針，整，汁，織。

　　穿　→／ts'／：處，春，昌，銃，赤，觸。

　　　　→／tɕ'／：醜，臭，秤，稱。

　　神　→／s／：蛇，射，船，甬，贖，術。

　　　　→／ɕ／：唇，聲，神，舌，乘，食。

　　審　→／s／：書，世，舜，聖，說，叔。

　　　　→／ɕ／：收，深，手，扇，失，識。

　　△→／ts'／：翅。

　　△→／tɕ'／：獸。

　　禪　→／s／：社，時，純，常，石，熟。

　　　　→／ɕ／：受，腎，善，辰，十，涉。

　　　　→／tɕ'／：酬，售，贍，臣，丞，植。

説　明：

(A)照穿神審禪五母都是三等字，在瑞金有唸洪音有唸細音混淆不
　　清，只能說大部分合口字爲洪音開口爲細音。而在洪音前時唸
　　成／ts，ts'，s，s，s／，在細音前唸成／tɕ，tɕ'
　　，ɕ，ɕ，ɕ／。

(B)禪母中古爲濁音（＊ʑ），接洪音時瑞金都變成清擦音／s／

，接細音時唸成 /ʨ',ɕ/。

(7)　見　組：

　　　中古→瑞金：例　　　　　　　字

　　　見　→/k/：姑，高，甘，公，溝，夾。

　　　　　→/ʨ/：居，九，計，錦，兼，結。

　　　△→/k'/：劊，癸，軌，昆。

　　　△→/ʨ'/：俱，疆，矜，菊。

　　　溪　→/k'/：科，枯，虧，坤，客，空。

　　　　　→/ʨ'/：去，奇，企，欠，牽，腔。

　　　△→/k/：凱，揩，龕，擴，殼，酷。

　　　△→/ʨ/：區，杞，遣，券。

　　　△→/ɕ/：墟。

　　　△→/h/：渴，糠，坑。

　　　群　→/ʨ'/：其，橋，舊，及，健，近。

　　　△→/k'/：跪，逕，揆，櫃，狂。

　　　△→/ʨ/：遽，件，鯨，競，劇，窘。

　　　疑　→/ŋ/：鵝，牙，艾，熬，偶，岳。

　　　　　→/ȵ/：魚，語，牛，驗，元，月。

　　　△→/ø/：諺，研，玩，阮，仰。

　　　△→/v/：臥，五，外。

説　明：

(A)見溪疑三母在一二三四等都有字，在瑞金唸法很複雜，除了顎化以外，送氣與不送氣之間也帶有混淆的現象，現在分別說明之。

(B)見母字在洪音前讀／k／，細音前讀／tɕ／，但也有部份字
洪音前唸成送氣的／k'／（如俱，疆，矜，菊）。

(C)溪母字在洪音前唸／k'／，細音前唸／tɕ'／，但也有部分
洪音前唸不送氣的／k／，細音前唸不送氣的／tɕ／（如區
，杞，遣，券）。

(D)溪母字除了／k，k'，tɕ，tɕ'／四種唸法外，還有少數字
字唸成／ɕ／，可能是受國語的影響。

(E)群母字只出現在三等，中古爲濁母（*g'），瑞金大部份唸成
／tɕ'／，小部份唸不送氣的／tɕ／，以及少數如"跪，逵
，揆，櫃，狂"唸成／k'／，這是客語的現象。

(F)疑母字在洪音前唸／ŋ／，細音前唸／ȵ／，這點與泥母變化
相似。而且有些疑母字變成／ø／。（如研，玩，阮，仰等）
，那也是／ȵ／消失的結果，所以疑母的變化順序也是：ŋ→
ȵ→ø。變爲無聲母／ø／的字中，起首元音如果是／u／的
又變成／v／。（如臥，<u>五</u>，<u>外</u>）

(8) 影　組：

中古→瑞金：例　　　　字

影　→／ø／：衣，於，因，央，影，乙，暗。

　　→／v／：窩，蛙，烏，威，彎，汪，翁。

　△→／ŋ／：扼，厄。

　△→／m／：杳。

曉　→／ɕ／：虛，休，險，血，薰，香，臭。

　　→／h／：荷，嚇，海，喝，瞎，黑。

　　→／f／：化，呼，悔，輝，昏，忽。

匣　→／h／：衡，限，活，核，項，幸。

　　→／ɕ／：兮，嫌，協，眩，穴，刑。

　　→／f／：湖，懷，話，魂，宏，還。

△→／k／：匣，轄，汞。

△→／v／：渾，餛，橫，鑊。

△→／ø／：縣。

喻三→／ø／：于，雨，運，榮，永，寅，域。

　　→／v／：蔿，圍，偉，王，往，旺。

　　→／ɕ／：鷸，雄，熊。

喻四→／ø／：以，譽，喻，夜，羊，翼，欲。

△→／v／：維，唯。

△→／l／：銳。

△→／tɕ／：捐。

說　明：

(A)影曉二母一二三四等都有字，匣母一二四等有字喻三（云）在三等，喻四（以）在四等。

(B)影母中古爲喉塞音（＊ʔ－），在瑞金喉塞音都消失變成無聲母／ø／。而無聲母中合口洪音字（以／u／起首）大部份變爲／v／，以這些情形看來影母中古到瑞金演變的程序是：

$$ ʔ → ø \diagdown_{v／-u}^{ø} $$

(C)曉母字瑞金有三種唸法：在一二等洪音合口字前唸／f／，一二等開口字前唸／h／；在三四等細音字前唸／ɕ／。

(D)匣母只有一二四等字,在瑞金也有三種唸法:在一二等合口洪
　　音前唸／f／,開口前唸／h／,而在四等字受細音影響唸成
　　／ɕ／。更有部份字唸／k／(如匣,轄,虹,汞)及／v／
　　(如渾,橫,餛)。

(E)喻三中古爲舌濁擦音(＊ɤj),在瑞金都變爲無聲母／ø／,
　　而無聲母中以／u／起首的字都變成／v／,由此可知喻三的
　　變化順序是:

$$\gamma \to \varnothing \begin{cases} \varnothing \\ v\ /-u \end{cases}$$

　　另外"鷂,雄,熊"三字受官話影響唸／ɕ／。

(F)喻四中古爲無聲母(＊ø－),所以在瑞金全部唸成無聲母／
　　ø／,只有"維;唯"等幾個字以／u／起首的變爲／v／,
　　以及"銳"唸／l／,"捐"／tɕ／二個特例而已。

(9)　綜合以上的說明,可以列一簡表如下:(　　)內表示例外
　　的部份。

中古聲母 \ 瑞金音 中古發音法	全 清 塞	次 清 塞	全 濁 塞
幫組 一二三四等	帮：p，(p′)	滂：p′，(p)	並：p′
非組 三 等			
端組 一(二)等 / (三)四等	端：t，(t′)	透：t′，(t)	定：t′，(t)
知組 洪音二三 / 細音三	知：$\dfrac{ts}{t\varepsilon}$	徹：$\dfrac{ts′}{t\varepsilon′}$	澄：$\dfrac{ts′}{t\varepsilon′}$
日母 三等 開/合			
精組 一等止三 / 三四等	精：$\dfrac{ts}{t\varepsilon}$	清：$\dfrac{ts′}{t\varepsilon′}$	從：$\dfrac{ts′}{t\varepsilon′}$
莊組 二三等 開/合	莊：ts(照二)	初：ts′(穿二)	崇：ts′(床二)
章組 三等 洪/細	照：$\dfrac{ts}{t\varepsilon}$(照三)	穿：$\dfrac{ts′}{t\varepsilon′}$(穿三)	神：$\dfrac{s}{\varepsilon}$(床三)
見組 一二 洪 / 三四 細	見：$\dfrac{k，(k′)}{t\varepsilon，(t\varepsilon′)}$	溪：$\dfrac{k′，(k)(h)}{t\varepsilon′，(t\varepsilon)(\varepsilon)}$	群：$\dfrac{k′}{t\varepsilon′，(t\varepsilon)}$
影組 一二 洪 / 三四 細	影：$\dfrac{v，ø，(ŋ)}{ø}$	曉：$\dfrac{f，h}{\varepsilon}$	匣：$\dfrac{f，h，(v)}{\varepsilon}$

瑞金 中古發音法　音 中古聲母		次濁鼻邊	清　擦	濁　擦
幫組	一二三四	明:m		
非組	三　　等	微:v,(m)	非數}:f{(p')(p)	奉:f,(p')
端組	一(二)等 / (三)四等	泥:$\dfrac{n}{\text{ȵ},(\text{ø})}$ 來:$\dfrac{l}{(t)l}$		
知組	洪音二三 / 細音三			
日母	三等 開/合	日:$\dfrac{\text{ȵ},\text{ø},(l)}{\text{ø},(l)}$		
精組	一等止三 / 三　四　等		心:$\dfrac{s}{\text{ɕ}}$	邪:$\dfrac{s}{\text{ɕ}}$
莊組	二三等 開/合		生:s(審二)	
章組	三等 洪/細		審:$\dfrac{s}{\text{ɕ}}$(審三)	禪:$\dfrac{s}{\text{ɕ},t\text{ɕ}'}$
見組	一二 洪/三四 細	疑:$\dfrac{\text{ŋ},(\text{ø}),(v)}{\text{ȵ},\text{ø}}$		
影組	一二 洪/三四 細	喻:$\dfrac{v}{\text{ø}',(\text{ɕ})}$三 喻(v)四$\dfrac{}{\text{ø}}$		

⑽ 綜合以上比較，再以瑞金語音爲主和中古聲鈕對照如下：

（△：表示少數字）

／p／：（幫）：悲 pi ㄱ，巴 pɑ ㄱ，變 pien ㄥ

　　　△（滂）：玻 po ㄱ，鼈 piet ㄐ，勃 pet ㄐ

　　　　　例外：（並）pic ㄱ，（明）陌 pet ㄐ，

　　　　　　　　（敷）捧 puŋ ㄥ，（奉）縛 pok ㄐ。

／p'／：（滂）：坡 p'o ㄱ，怕 p'ɑ ㄥ，胖 p'oŋ ㄥ

　　　　（並）：婆 p'o ㄣ，枇 p'i ㄣ。

　　　△（幫）：譜 p'u ㄥ，別 p'iet ㄱ，蝙

　　　　　　　　蝙 p'ien ㄱ。

　　　△（奉）：符 p'u ㄣ，輔 p'u ㄥ，吠 p'oi ㄥ。

　　　△（非）：甫 p'u ㄥ，脯 p'u ㄥ。

／m／：（明）：磨 mo ㄥ，米 mi ㄥ，木 muk ㄐ。

　　　　　例外：（影）杳 miɔ ㄥ

／f／：（非）：封 fuŋ ㄱ，方 foŋ ㄱ，法 fɑt ㄐ。

　　　　（敷）：費 fei ㄥ，飯 fan ㄥ，紡 foŋ ㄥ。

　　　　（奉）：扶 fu ㄣ，浮 fɤ ㄣ，伐 fɑt ㄱ。

　　　　（匣）：禍 fo ㄥ，湖 fu ㄣ，宏 fen ㄣ。

　　　　（曉）：化 fɑ ㄥ，輝 fei ㄱ，忽 fut ㄐ。

／v／：（微）：無 vu ㄣ，未 vei ㄥ，文 vun ㄣ。

　　　△（疑）：臥 vo ㄥ，吾 vu ㄣ，外 vɑi ㄥ。

　　　　（影）：窩 vo ㄱ，威 vei ㄱ，汪 voŋ ㄱ。

　　　△（匣）：渾 vun ㄣ，橫 vɑŋ ㄣ，鑊 vok ㄱ。

　　　　（喩三）：衞 vei ㄥ，圍 vei ㄣ，偉 vei ㄥ。

△（喻四）：維 vei ᐱ，唯 vei ᐱ。

例外：（明）戊 vu ᐯ。

/t/：（端）：多 to ˥，刀 tɔ ˥，丁 tin ˥。

（定）：隊 tui ᐯ，掉 tiɔ ᐯ，燉 tun ˥。

（來）：李 ti ˥，梨 ti ᐱ，龍 tiuŋ ᐱ。

例外：（澈）褚（姓）tu ᐱ，（澄）瞪 ten ᐯ。

/t'/：（透）：滔 t'ɔ ˥，貪 t'ɑn ˥，鐵 t'iet ˩。

（定）：桃 t'ɔ ᐱ，甜 t'ien ᐱ，蝶 t'iet ˥。

△（端）：堵 tu ᐱ，妬 tu ᐯ，堤 ti ᐱ。

例外：（澄）綻 tin ᐯ。

/n/：（泥）：奴 nu ᐱ，南 nɑn ᐱ，溺 nit ˥。

/l/：（來）：勞 lɔ ᐱ，立 lit ˥，樓 lɤ ᐱ。

△（日）：乳 lu ˩，耳 lɤ ˩，芮 lui ᐯ。

例外：（喻四）銳 lui ᐯ。

/ts/：（知）：蛛 tsu ˥，轉 tsuon ˩，竹 tsuk ˧。

（精）：災 tsɑi ˥，子 tsɿ ˩，早 tsɔ ˩。

（莊）：阻 tsu ˩，壯 tsoŋ ᐯ，責 tset ˧。

（章）：遮 tsɑ ˥，支 tsɿ ˥，

準 tsun ⌐ 。

例外：（澄）苧 tsu ∨ 。

／ts′／：（澈）：茶 ts′ɑ ∧，恥 tsʅ ⌐，
　　　　　　拆 ts′ɑk ˧ 。

（澄）：除 ts′u ∧，治 tsʅ ∧，
　　　　丈 tsoŋ ∨ 。

（清）：猜 ts′ɑi ⌐，刺 ts′ʅ ′∨，
　　　　村 ts′un ⌐ 。

（從）：才 ts′oi ∧，自 ts′ʅ ′∨，
　　　　殘 ts′ɑn ∧ 。

（初）：楚 ts′u ⌐，抄 ts′ɔ ⌐，
　　　　察 ts′ɑt ˧ 。

（床）：助 ts′u ∨，愁 ts′ɤ ∧，
　　　　牀 ts′oŋ ∧ 。

（昌）：車 ts′ɑ ⌐，川 ts′uon ⌐，
　　　　銃 ts′uŋ ∨ 。

例外：（書）翅 ts′ʅ ∨ 。

／s／：（心）：鎖 so ⌐，碎 sui ∨，私 sʅ ⌐ 。

（邪）：隨 sui ∧，似 sʅ ∨，祀 sʅ ∨ 。

（生）：沙 sɑ ⌐，史 sʅ ⌐，省 sen ⌐ 。

（神）：蛇 sɑ ∧，順 sun ∨，術 sut ˧ 。

（審）：赦 sɑ ∨，世 sʅ ′∨，賞 soŋ ⌐ 。

（禪）：社 sɑ ∨，樹 su ∨，石 sɑk ⌐ 。

例外：（澄）峙 sʅ ∨ 。

/tɕ/：（知）：肘 tɕiu」，展 tɕien」，

　　　　　　鎮 tɕian∨。

　　　　（精）：酒 tɕiu˩，剪 tɕien」，

　　　　　　將 tɕioŋ⌐。

　　　　（章）：周 tɕiu⌐，針 tɕin⌐，

　　　　　　質 tɕit」。

　　　　（見）：居 tɕiu⌐，入 tɕiu∟，

　　　　　　結 tɕiet」。

　　　　（溪）：區 tɕiu⌐，杞 tɕi」，

　　　　　　券 tɕion∨。

　　　　（群）：件 tɕien∨，鯨 tɕin⌐，

　　　　　　劇 tɕiu∨。

　　　例外：（從）劑 tɕiat∨，餞 tɕien∨。

　　　　　（喻四）捐 tɕion⌐。（清）砌

　　　　　　　tɕiet」。

/tɕ'/：（澈）：抽 tɕ'iu⌐，趁 tɕ'in∨，

　　　　　　逞 tɕ'in」。

　　　　（澄）：綢 tɕ'iu∧，纏 tɕ'ien∧，

　　　　　　程 tɕ'in∧。

　　　　（清）：趣 tɕ'iu∨，秋 tɕ'iu⌐，

　　　　　　淺 tɕ'ien」。

　　　　（從）：就 tɕ'iu∨，漸 tɕ'ien∨，

　　　　　　牆 tɕ'ioŋ∧。

　　　　（昌）：醜 tɕ'iu」，稱 tɕ'in⌐，

秤 tɕ'in ∨ 。

（禪）：仇 tɕ'iu ∧ ，臣 tɕ'in ∧ ，
植 tɕ'it ˥ 。

（見）：疆 tɕ'ioŋ ˥ ，矜 tɕ'in ˥ ，
菊 tɕ'iuk ˥ 。

（溪）：去 tɕ'iu ∨ ，欺 tɕ'i ˥ ，
匡 tɕ'ioŋ ˥ 。

例外：（精）雀 tɕ'iok ˩ ，（邪）斜
tɕ'ia ∧ ，（書）獸 tɕ'iu ∨ ，
（初）儳 tɕ'ien ∨ 。

/ȵ/：（泥）：尿 ȵiɔ ∨ ，年 ȵien ∧ ，女 ȵie∧。

（日）：惹 ȵia ∧ ，入 ȵit ˥ ，肉 ȵiuk ˩。

（疑）：語 ȵiu ˩ ，宜 ȵi ∧ ，牛 ȵiu ∧ 。

/ɕ/：（心）：鬚 ɕiu ˥ ，秀 ɕiu ∨ ，相 ɕioŋ∨。

（邪）：徐 ɕiu ∧ ，囚 ɕiu ∧ ，族 ɕioŋ∧。

（船）：舌 ɕiet ˥ ，神 ɕin ∧ ，唇 ɕin∧。

（書）：手 ɕiu ˩ ，深 ɕin ˥ ，失 ɕit ˩ 。

（禪）：受 ɕiu ∨ ，十 ɕit ˩ ，腎 ɕin ∨ 。

△（溪）：墟 ɕiu ˥ ，溪 ɕi ˥ 。

（曉）：休 ɕiu ˥ ，血 ɕiot ˩ ，香 ɕioŋ˥。

（匣）：嫌 ɕien ∧ ，兮 ɕi ˥ ，刑 ɕin ∧ 。

△（喻三）：鴞 ɕiuŋ ˥,雄 ɕiuŋ ∧,熊 ɕiuŋ ∧ 。

/k/：（見）：果 ko ˩ ，高 kɔ ˥ ，甲 kat ˩ 。

△（溪）：慷 koŋ ˥ ，擴 kok ˩ ，確 kok ˩ 。

△（匣）：轄 kuot ⊣ ，汞 kuŋ ⌐ 。

/ k' /：（溪）：科 k'o ⌐ ，開 kue ⌐ ，口 k'ɤ⌐。

　　　　△（見）：創 k'uɜ ⅄ ，軌 k'ui ⌐ ，

　　　　　　　　　昆 k'un ⌐ 。

　　　　△（群）：跪 k'ui ⅄ ，櫃 k'ui ⅄ ，

　　　　　　　　　狂 k'oŋ ʌ 。

/ ŋ /：（疑）：牙 ŋa ʌ ，偶 ŋɤ ⌐ ，岳 ŋok ⊦ 。

　　　　△（影）：扼 ŋet ⊣ 。

/ h /：（匣）：夏 ha ⅄ ，閑 han ʌ ，巷 hoŋ ⅄ 。

　　　　（曉）：海 hai ⌐ ，瞎 huot ⊣ ，荷 ho ʌ 。

　　　　（溪）：渴 huot ⊣ ，糠 hoŋ ⌐ ，坑 haŋ ʌ 。

/ ø /：△（泥）：釀 ioŋ ⅄ ，賃 in ⅄ ，撚 ien ⌐ 。

　　　　（日）：如 iu ʌ ，<u>兒</u> ər ʌ ，双 in ⅄ 。

　　　　△（疑）：研 ien ʌ ，阮 ion ʌ ，仰 ioŋ ⌐。

　　　　（影）：於 iu ʌ ，衣 i ⌐ ，恩 en ⌐ 。

　　　　（喻三）：雨 iu ⌐ ，寅 in ʌ ，永 iun ⌐。

　　　　（喻四）：夜 ia ⅄ ，異 i ⅄ ，疫 iut ⊣ 。

　　　　例外：（匣）縣 ien ⅄ 。

（二）　韵母的比較：

　　比較時依十六攝之順序，例字舉陰平陽平上聲去聲各一字，入聲舉陰入陽入各一字。

　　中　　古　　瑞　　金　：例　　　　字

（1）果　攝：

開一（歌）　/o/　：多 to ˥，羅 lo Λ，
　　　　　　　　　左 tso ˩，做 tso V。
　　　　△/ɑ/　：他 t'ɑ ˥。
開三（戈）△/io/　：茄 tɕ'io Λ。
合一（戈）△/o/　：坡 po ˥，魔 mo Λ，
　　　　　　　　　妥 t'o ˩，破 p'o V
　　　　　　　　　科 k'o ˥。
合三（戈）△/iɑ/　：瘸 tɕ'iɑ Λ。
　　　　△/io/　：靴

(2) 假　攝：

開二（麻）　/ɑ/　：巴 pɑ ˥，牙 ŋɑ Λ，
　　　　　　　　　假 kɑ ˩，罵 mɑ V。
　　　　△/iɑ/　：加 tɕiɑ ˥，丫 iɑ ˥。
開三（麻）　/iɑ/　：嗟 tɕiɑ ˥，斜 tɕ'iɑ Λ
　　　　　　　　　，野 iɑ ˩，謝 ɕiɑ V，
　　　　　　　　　夜 iɑ V。
　　　　△/ie/　：爹 tie ˥，姐 tɕie ˩，
　　　　　　　　：也 ie Λ。
　　　　　/ɑ/　：遮 tsɑ ˥，蛇 sɑ Λ，
　　　　　　　　　扯 ts'ɑ ˩，赦 sɑ V。
合二（麻）　/ɑ/　：花 fɑ ˥，划 fɑ Λ。
　　　　　　　　　瓦 ŋɑ ˩，跨 kɑ V。

(3) 遇　攝：

合一（模）　/u/　：鋪 p'u ˥，圖 t'u Λ，

魯 lu ⌄ ，庫 k'u ⌄ 。

△／o／ ：摸 mo ⌐ ，謨 mo ⋀ ，

錯 ts'o ⌄ 。

△／ok／ ：赂 lok ⌐ 。

合三（魚） ／u／ ：書 su ⌐ ，鋤 ts'u ⋀ ，

楚 ts'u ⌄ ，助 ts'u ⌄ 。

／iu／ ：居 tɕiu ⌐ ，魚 ȵiu ⋀ ，

呂 liu ⌐ ，去 tɕ'iu ⌄ 。

△／ie／ ：豬 tɕie ⌐ ，煮 tɕie ⌐ ，

女 ȵie ⌐ 。

△／ei／ ：騾 lei ⋀ 。

△／ɤ／ ：汝 lɤ ⌐ 。

合三（虞） ／u／ ：夫 fu ⌐ ，厨 ts'u ⋀ ，

甫 p'u ⌐ ，樹 su ⌄ 。

／iu／ ：鬚 ɕiu ⌐ ，愚 ȵiu ⋀ ，

取 tɕ'iu ⌐ ，句 tɕiu ⌄ 。

／ɤ／ ：縷 lɤ ⌐ 。

(4) 蟹　攝 ：

開一（咍） ／ai／ ：災 tsai ⌐ ，埃 ai ⌐ ，

凱 k'ai ⌐ ，帶 tai ⌄ 。

／e／ ：材 ts'ai ⋀ ，彩 ts'e ⌐ ，

代 t'e ⌄ ，在 ts'e ⌄ 。

△／oi／ ：鰓 soi ⌐ 。

△／ue／ ：哀 ue ⌐ ，台 t'ue ⋀ ，

改 kue 」，茱 ts'ue ↘ 。

開一（泰）　／ei／：貝 pei ↘ ，沛 p'ei ↘ 。

　　　　△／ɑi／：<u>大</u> t'ɑi ↘ ，丐 kɑi ↘ 。

　　　　　／e／：賴 le ↘ ，太 t'e ↘ 。

　　　　　／ue／：茱 ts'ue ↘ ，蓋 kue ↘ 。

開二（皆）　／e／：排 p'e ↗ ，楷 k'e 」，

　　　　　　　　齊 tse ㄱ，界 ke ↘ 。

　　　　△／ue／：揩 k'ue ↗ ，豺 ts'ue ↗ 。

開二（佳）　／e／：街 ke ㄱ，柴 ts'e ↗ ，

　　　　　　　　矮 e 」，賣 me ↘ 。

　　　　　／ɑ／：佳 kɑ ㄱ。

開二（夬）△／e／：邁 me 」，敗 p'e ↘ 。

開三（祭）△／i／：弊 p'i ↗ ，厲 li ↘ 。

　　　　△／ɿ／：世 sɿ ↘ ，製 tsɿ ｜。

開四（齊）△／ie／：泥 ȵie ↗ ，鷄 tɕie ㄱ，

　　　　　　　　溪 tɕ'ie ㄱ，細 ɕie 」。

　　　　△／ei／：犂 lei ↗ 。

　　　　△／e／：低 te ㄱ，替 t'e ↘ 。

　　　　△／i／：西 ɕi ㄱ，齊 tɕ'i ↗ ，

　　　　　　　　米 mi 」，弟 t'i ↘ 。

　　　　△／iet／：砌 tɕiet 」。

　　　　△／it／：縊 <u>it</u> 」。

　　　　△／iut／：縊 <u>iut</u> 」。

合一（灰）　／ei／：杯 pei ㄱ，煤 mei ↗ ，

配 p'ei ㄟ，誨 fei ㄥ。

／ui／：堆 tui ㄱ，傀 k'ui ㄥ，

碎 sui ㄟ。

／ue／：雷 lue ㄒ，來 lue ㄥ。

／oi／：賠 p'oi ㄒ，背 poi ㄟ。

合三（泰）　／ui／：蛻 t'ui ㄟ，最 tsui ㄟ。

△／ai／：外 vai ㄟ。

／ei／：會 fei ㄟ。

合二（皆）　／ue／：乖 ke ㄱ，怪 kue ㄟ。

／ai／：懷 fai ㄒ，淮 fai ㄒ。

合二（佳）　／ue／：歪 ue ㄱ，拐 kue ㄥ。

△／a／　：蛙 va ㄱ，卦 ka ㄟ。

合二（夬）△／ue／：快 k'ue ㄟ。

△／a／　：話 fa ㄟ。

合三（祭）　／ui／：脆 ts'ui ㄟ，銳 lui ㄟ，

芮 lui ㄟ。

△／oi／：歲 soi ㄟ。

△／ei／：衞 vei ㄟ，慧 fei ㄟ。

△／ue／：稅 sue ㄟ。

△／uot／：綴 tsuot ㄐ，說 suot ㄥ。

合三（廢）△／ei／：廢 fei ㄟ，肺 fei ㄟ。

△／oi／：吠 p'oi ㄟ。

合四（齊）　／ui／：閨 kui ㄱ，奎 k'ui ㄒ，

桂 kui ㄟ。

　　　　　　△／i／：攜ɕi˧˥。

　　　　　　△／ei／：惠fei˥˩，慧fei˥˩。

(5)　止　攝：

　　開三（支）　／i／：碑pi˧˥，籬li˧˩，

　　　　　　　　　　　臂pi˥˩，戲ɕia˥˩，易i˥˩

　　　　　　　　　　　（容易）

　　　　　　　　／ʅ／：知tʂʅ˧˥，池tʂ'ʅ˧˩，

　　　　　　　　　　　此tʂʅ˩，賜sʅ˥˩。

　　　　　　△／ie／：騎tɕ'ie˧˩，移ie˧˩，

　　　　　　　　　　　舐ɕie˧˩，寄tɕie˥˩。

　　　　　　△／ei／：卑pei˧˥，被pei˥˩。

　　　　　　△／ɑi／：篩sɑi˧˩。

　　　　　　△／ɤ／：爾lɤ˧˩（ər˧˩）

　　　　　　△／iɑ／：易iɑ˥˩（姓）

　　　　　　△／it／：易it˩（交易）

　　開三（脂）　／i／：悲pi˧˥，尼n̩i˧˩，

　　　　　　　　　　　美mi˩，利li˥˩，

　　　　　　　　　　　二n̩i˥˩（ər˥˩）

　　　　　　△／ei／：眉mei˧˩，寐mei˥˩。

　　　　　　　　／ʅ／：資tsʅ˧˥，瓷ts'ʅ˧˩，

　　　　　　　　　　　屎sʅ˩，四sʅ˥˩。

　　開三（之）　／i／：基tɕi˧˥，旗tɕ'i˧˩，

　　　　　　　　　　　里li˩，異i˥˩。

　　　　　　　　／ʅ／：絲sʅ˧˥，詞ts'ʅ˧˩，

史 sʅ ˩ ，志 tsʅ ˅ 。

△ / it / ：值 tɕ'it ˥ 。

△ / ɤ / ：耳 lɤ ˩ ，而 lɤ ˩ 。

△ / ɑi / ：淬 tsɑi ˩ 。

△ / et / ：厠 ts'et ˩ 。

（△ / ər / ：餌 ɹe ˩ ）

開三（微）　 / i / ：豈 tɕ'i ˩ ，氣 tɕ'i ˅ ，
　　　　　　　　毅 n̩i ˅ ，危 n̩i ˄ 。

合三（支）　 / ui / ：吹 ts'ui ˥ ，垂 sui ˄ ，
　　　　　　　　髓 sui ˩ ，瑞 sui ˅ 。

　　△ / ue / ：危 ŋue ˄ ，嘴 tsue ˅ ，
　　　　　　　　累 lue ˩ 。

　　△ / ei / ：爲 vei ˄ ，毁 fei ˩ 。

合三（脂）　 / ui / ：追 tsui ˥ ，逵 k'ui ˄ ，
　　　　　　　　水 sui ˩ ，醉 tsui ˅ 。

　　△ / ei / ：維 vei ˄ ，位 vei ˅ 。

　　△ / i / ：遺 i ˄ ，季 tɕi ˅ 。

　　△ / ue / ：壘 lue ˩ ，類 lue ˅ 。

合三（微）　 / ei / ：飛 fei ˥ ，微 vei ˄ ，
　　　　　　　　偉 vei ˩ ，未 vei ˅ 。

　　△ / ui / ：歸 kui ˥ ，貴 kui ˅ 。

　　△ / ue / ：鬼 kue ˩ 。

(6)　效　攝：

開一（豪）　 / ɔ / ：刀 tɔ ˥ ，勞 lɔ ˄ ，

　　　　　　　　　　保pɔ乛，告kɔ乀。

開一（肴）　/ɔ/ /ɔ/：交kɔ乛，茅mɔ乁，吵
　　　　　　　　　　吵ts'ɔ乚，鬧nɔ乀。

開二（肴）　/iɔ/ /ɔi/：貓miɔ乛，巧tɐ'iɔ乚，
　　　　　　　　　　校ɐiɔ乀，覺tɐiɔ乀（
　　　　　　　　　　睡覺）

　　　△/iu/：酵ɕiɐ乀（kɔ乛）

開三（宵）　/iɔ/ /ɔi/：焦tɕiɔ乛，苗miɔ乁，
　　　　　　　　　　小ɕiɔ乚，耀iɔ乀。

　　　　　　/ɔ/ /ɔ/：燒sɔ乛，潮ts'ɔ乁，
　　　　　　　　　　少sɔ乚，照tsɔ乀。

開四（蕭）　/iɔ/ /ɔi/：雕tiɔ乛，條t'iɔ乁，
　　　　　　　　　　曉ɕiɔ乚，料liɔ乀。

(7)　流　攝：

開一（侯）　/ɤ/ /ɤ/：偷t'ɤ乛，猴hɤ乁，
　　　　　　　　　　走tsɤ乚，漏lɤ乀。

　　　△/o/ /o/：部p'o乀。

開三（尤）　/ɤ/ /ɤ/：浮fɤ乁，搜sɤ乛，
　　　　　　　　　　否fɤ乚，瘦sɤ乀

　　　　　　/iu/：修ɕiu乛，流liu乁，
　　　　　　　　　　九tɕiu乚，又iu乀。

　　　△/ɔ/ /ɔ/：矛mɔ乁。

　　　△/u/ /u/：婦fu乀。

　　　△/uk/ /uk/：復fuk乚。

開三（幽） ／ iu ／：糾 tɕiu ㄱ，幼 iu ㄥ 。

 ／ iɔ ／：彪 piɔ ㄱ，繆 miɔ ㄥ 。

(8) 咸 攝：

開一（覃合） ／ an ／：貪 t'an ㄱ，南 nan ㄥ，

坎 k'an ㄥ，探 t'an ㄥ 。

 ／ uon ／：庵 uon ㄱ，含 huon ㄥ，

感 kuon ㄥ，暗 uon ㄥ 。

 ／ at ／：納 nat ㄱ，答 tat ㄩ 。

 ／ uot ／：鴿 kuot ㄩ，盒 huot ㄱ。

開一（談盍） ／ an ／ ：三 san ㄱ，藍 lan ㄥ，

瞻 tan ㄥ，暫 ts'an ㄥ 。

 ／ uon ／：甘 kuon ㄱ，邯 houn ㄥ，

敢 kuon ㄥ，瞰 k'uon ㄥ 。

 ／ at ／ ：蠟 lat ㄩ， tat ㄱ 。

△／ uot ／：盍 huot ㄱ 。

開二（咸洽） ／ an ／：杉 san ㄱ，鹹 han ㄥ，

減 kan ㄥ，賺 ts'an ㄥ 。

 ／ at ／：插 ts'at ㄩ，夾 kat ㄩ 。

開二（銜狎） ／ an ／：監 kan ㄱ，銜 han ㄥ，

崁 k'an ㄥ，鑑 kan ㄥ 。

 ／ at ／：甲 kat ㄩ，鴨 at ㄩ 。

開三（鹽葉） ／ ien ／：尖 tɕien ㄱ，廉 lien ㄥ，

，染 ȵien ㄥ，

佔 tɕien ㄥ 。

　　　　　／iet／：獵 liet ˧ ，葉 iet ˥ 。

開三（嚴業）　／ien／：　ien ˥ ，嚴ȵien ˧ ，

　　　　　　　　　　，儼ȵien ˧ ，

　　　　　　　　　欠 tsʻien ˩ 。

　　　　　／iet／：業ȵiet ˥ ，刧 tɕiet

　　　　　　　　　˧ 。

開四（添帖）　／ien／：添ȵiet ˥ ，甜 tʻien

　　　　　　　　　˧ ，點 tien ˨ ，

　　　　　　　　　店 tien ˩ 。

　　　　　／iet／：貼 tʻiet ˧ ，蝶 tʻiet

　　　　　　　　　˥ 。

合三（凡乏）　／an／　：帆 fan ˧ ，犯 fan ˩ ，

　　　　　　　　　梵 fan ˧ 。

　　　　　／at／　：法 fat ˧ ，乏 fat ˥ 。

(9) 深　攝：

開三（侵緝）　／in／　：心 sin ˥ ，林 lin ˧ ，

　　　　　　　　　品 pʻin ˨ ，任 in ˩ 。

　　　　△／an／　：簪 tsan ˥ ，參 tsʻan

　　　　　　　　　˥ 。（參加）（莊組）。

　　　　△／en／　：森 sen ˥ ，參 sen ˥ （

　　　　　　　　　人參），滲 sen ˩ （莊組

　　　　　　　　　）。

　　　　△／iuŋ／：吟ȵiuŋ ˧ 。

　　　　　／it／　：立 lit ˥ ，急 tɕit ˧ 。

△／et／：澀 set ┘。

⑽　山　攝：

開一（寒曷）　／ɑn／：奸 kɑn ˥，蘭 lɑn ˦，

傘 sɑn ┘，岸 ŋɑn ˅。

／uon／：肝 kuon ˥，寒 huon ˦

，稈 kuon ┘，

汗 huon ˅。

／ɑt／：達 t'ɑt ˥，薩 sɑt ┘。

／uot／：割 kuot ┘，曷 huot ˥。

開二（山黠）　／ɑn／：山 sɑn ˥，間 hɑn ˦，

眼 ŋɑn ┘，盼 p'ɑn ˅。

／ɑt／：殺 sɑt ┘，拔 p'ɑt ˥。

△／uot／：抹 muot ┘。

開二（删鎋）　／ɑn／：攀 p'ɑn ˥，蠻 mɑn ˦，

版 pɑn ┘，雁 ŋɑn ˅。

△／ɑt／：鍘 tsɑt ┘，瞎 hɑt ┘。

／uot／：轄 huot ┘。

開三（仙薛）　／ien／：篇 p'ien ˥，綿 mien

˦，剪 tɕien ┘，扇

ɕien ˅。

△／ion／：鮮 ɕion ˥，乾 tɕ'ion

˦，羡 ɕion ˅。

／iet／：烈 liet ˥，哲 tɕiet

┘。

　　　　　　　／iot／：薛ɕiot⊣，泄ɕiot⊣。

開三（元月）　／ien／：言n̠ien ⋏，建tɕien

　　　　　　　　　　　∨。

　　△／ion／：軒ɕion ˥。

　　　　／iet／：揭tɕiet⊣，竭tɕ'iet

　　　　　　　　　˥。

開四（先屑）　／ien／：顯ɕien ⌐，天t'ien

　　　　　　　　　　　˥，年n̠ien ⋏，

　　　　　　　　　　　片p'ien ∨。

　　　　／ion／：弦ɕion ⋏，繭tɕion

　　　　　　　　　⌐。

　　　　／iet／：切tɕ'iet⊣，篾miet

　　　　　　　　　˥。

　　　　／iot／：屑ɕiot⊣。

合一（桓末）　／uon／：般puon ˥，團t'uon⋏，

　　　　　　　　　　　卵luon⌐，換huon∨。

　　　　／uot／：鉢puot⊣，末muot˥。

合二（山黠）△／uon／：鰥kuon ˥，頑ŋuon⋏。

　　△／ɑn／　：幻fɑn ∨。

　　△／ɑt／　：滑vɑt˥。

合二（刪鎋）　／uon／：閂ts'uon˥，篡

　　　　　　　　　　　ts'uon ∨。

　　　　／ɑn／　：還fɑn⋏，灣vɑn˥，

　　　　　　　　　患fɑn ∨。

/uot/：刮kuot ˧，刷suot ˧。

合三（仙薛）/ion/：宣ɕion ˥，拳tɕʻion ˧˥，選ɕion ˩。

/uon/：專tsuon ˥，船tsʻuon ˧˥，轉tsuon ˩。

△/ien/：戀lien ˥˩。

/iot/：絕tɕʻiot ˥，雪ɕiot ˧。

/uot/：拙tsuot ˧，說suot ˧。

合三（元月）/an/：翻fan ˥，煩fan ˧˥，飯fan ˥˩。

/ion/：冤ion ˥，元ȵion ˧˥，遠ion ˩。

△/uon/：宛uon ˩。

/at/ 發fat ˧，罰fat ˥。

/iot/：月ȵiot ˥，日iot ˧。

合四（先屑）/ion/：淵ion ˥，玄ɕion ˧˥，犬tɕʻion ˩，眩ɕion ˥˩。

△/ien/：縣ien ˥˩。

/iot/：缺tɕʻiot ˧，穴ɕiot ˥。

⑾ 臻攝：

開一（痕）/en/：很hen ˩，墾kʻen ˩，

恨 hen ˇ 。

開三（眞質） ／ in ／ ：賓 pin ˥ ，秦 tɕ'in ˊ
，忍 in ˩ ，吝 lin ˇ 。

△／ iun ／ ：銀 ȵiun ˊ ，晉 tɕiun
ˇ 。

／ it ／ ：筆 pit ˩ ，疾 tɕ'it ˥ 。

△／ iet ／ ：乙 iet ˩ 。

開三（殷迄） ／ in ／ ：斤 tɕin ˥ ，勤 tɕ'in
ˊ ，隱 in ˩ ，
近 tɕ'in ˇ 。

／ it ／ ：訖 tɕit ˥ 。

合一（魂沒） ／ en ／ ：奔 pen ˥ ，門 men ˊ ，
本 pen ˩ ，悶 men ˇ 。

／ un ／ ：敦 tun ˥ ，論 lun ˇ ，
損 sun ˩ ，困 k'un ˇ 。

／ ut ／ ：沒 mut ˥ ，卒 tsut ˩ 。

△／ et ／ ：勃 pet ˥ ，忽 fet ˥ 。

合三（諄術） ／ un ／ ：春 ts'un ˥ ，純 sun ˊ ，
蠢 ts'un ˩ ，順 sun ˇ

△／ in ／ ：脣 ɕin ˊ 。

／ iun ／ ：均 tɕiun ˥ ，允 iun ˩ ，
俊 tɕiun ˇ 。

／ iut ／ ：律 liut ˥ ，恤 ɕiut ˩ ，
橘 tɕiut ˩ 。

　　　　　　　　　　　/ut/ ：術 sut ㄱ，出 tsʼut ┘。

合三（文物）　/en/ ：分 fen ㄱ，文 ven ╱，
　　　　　　　　　　　　吻 vun ┘，糞 fen ╲。

　　　　　　　　　　/iun/ ：軍 tɕiun ㄱ，云 iun ╱，
　　　　　　　　　　　　訓 ɕiun ╲。

　　　　　　　　　　　/et/ ：佛 fet ㄱ。

　　　　　　　　　　　/ut/ ：物 vut ㄱ，屈 tɕʼiut ┘。

　　　　　　　　　　/iut/ ：鬱 iut ┘。

⑿　宕　攝：

開一（唐鐸）　/oŋ/ ：當 toŋ ㄱ，狼 loŋ ╱，
　　　　　　　　　　　　莽 moŋ ┘，抗 kʼoŋ ╲。

　　　　　　　　　　　/ok/ ：索 sok ┘，落 lok ㄱ。

開三（陽藥）/ioŋ/ ：相 ɕioŋ ㄱ，娘 ȵioŋ ╱，
　　　　　　　　　　　　搶 tɕʼioŋ ┘，
　　　　　　　　　　　　亮 lioŋ ╲。

　　　　　　　　　　　/oŋ/ ：莊 tsoŋ ㄱ，常 soŋ ╱，
　　　　　　　　　　　　掌 tsoŋ ┘，創 tsʼoŋ ╲。

　　　　　　　　　　/iok/ ：若 iok ┘，略 liok ㄱ。

合一（唐鐸）　/oŋ/ ：光 koŋ ㄱ，黃 voŋ ╱，
　　　　　　　　　　　　晃 foŋ ┘，曠 kʼoŋ ╲。

　　　　　　　　　　　/ok/ ：郭 kok ┘，鑊 vok ㄱ。

合三（陽藥）　/oŋ/ ：方 foŋ ㄱ，狂 kʼoŋ ╱，
　　　　　　　　　　　　枉 voŋ ┘，放 foŋ ╲。

　　　　　△／ioŋ／：匡 tɕʻioŋ ㄱ 。

　　　　　△／ok／：縛 pok ㄗ 。

⒀　江　攝：

　　開二（江覺）　／oŋ／：缸 koŋ ㄱ，龐 pʻoŋ ㄱ，

　　　　　　　　　　　講 koŋ ㄗ，撞 tsʻoŋ ㄥ 。

　　　　　△／uŋ／：窗 tsʻuŋ ㄱ，瀧 luŋ ㄱ 。

　　　　　△／ioŋ／：江 tɕioŋ ㄱ，腔 tɕʻioŋ

　　　　　　　　　　　ㄱ 。

　　　　　／ok／：剝 pok ㄗ，岳 ŋok ㄱ 。

　　　　　△／uk／：樸 pʻuk ㄗ，濁 tsʻuk

　　　　　　　　　　　ㄱ 。

⒁　曾　攝：

　　開一（登德）　／en／：增 tsen ㄱ，籐 tʻen ㄱ

　　　　　　　　　　　等 ten ㄗ，鄧 tʻen ㄥ 。

　　　　　／et／：克 kʻet ㄗ，墨 met ㄱ 。

　　開三（蒸職）　／in／：蒸 tɕin ㄱ，憑 pʻin ㄱ，

　　　　　　　　　　　拯 tɕin ㄱ，應 in ㄥ 。

　　　　　△／en／：瞪 ten ㄥ 。

　　　　　／it／：逼 pit ㄗ，直 tɕʻit ㄱ 。

　　　　　△／et／：測 tsʻet ㄗ，側 tset

　　　　　　　　　　　ㄗ 。

　　合一（登德）△／en／：弘 fen ㄱ 。

　　　　　△／et／：國 ket ㄗ，或 fet ㄱ 。

　　合三（職）　／iut／：域 iut ㄗ 。

⒂ 梗 攝：

　　開二（唐陌）　／ɑŋ／：庚kɑŋ˧，彭pʼɑŋ˥，

　　　　　　　　　　　　　硬kɑŋ˨，硬ŋɑŋ˩。

　　　　　　　　／en／：生sen˧，衡hen˥，

　　　　　　　　　　　　　省sen˨，孟men˩。

　　　　　　　　／oŋ／：鐺toŋ˧，盲moŋ˥。

　　　　　　　　／et／：格ket˦，白pʼet˧。

　　　　　　　　／ɑk／：格kɑk˦，白pʼɑk˧。

　　開二（耕麥）△／in／：鶯ia˧，橙tsʼin˥，

　　　　　　　　　　　　　进pin˩。

　　　　　　　　／en／：爭tsen˧，萌men˥，

　　　　　　　　　　　　　耿ken˨。

　　　　　　　△／oŋ／：棚pʼɑŋ˥，莖kɑŋ˨。

　　　　　　　△／oŋ／：蚌pʼoŋ˩。

　　　　　　　　／et／：責tset˦，核het˧。

　　　　　　　△／ɑk／：麥mak˧，隔kɑk˦。

　　合二（庚陌）△／ɑŋ／：橫vɑŋ˥。

　　　　　　　△／oŋ／：礦kʼoŋ˩。

　　合三（耕麥）　／uŋ／：轟fuŋ˥。

　　　　　　　　／en／：宏fen˥。

　　　　　　　　／et／：獲fet˧。

　　　　　　　　／ɑk／：劃fak˧。

　　合三（庚）　／iuŋ／：兄ɕiuŋ˧，榮iuŋ˥，

　　　　　　　　　　　　　永iuŋ˨。

　　　　　　　　△／iun／：詠 iun ∨。

　　合三（清昔）△／in／：騂 ɕin ∕，營 <u>in</u> ∕。

　　　　　　　　△／iaŋ／：營 <u>iaŋ</u> ∕。

　　　　　　　　△／iun／：瓊 tɕʻiun ∕，頃

　　　　　　　　　　　　　tɕʻiun ∟。

　　　　　　　　△／iut／：疫 iut ┤。

　　合四（青錫）△／iuŋ／：螢 iuŋ ∕。

　　　　　　　　△／iun／：廻 tɕiun ∟。

　　　　　　　　△／iɑk／：錫 ɕiɑk ┤。

　　　　　　　　△／it／：錫 ɕit ┤。

⒃　通　攝：

　　合一（東屋）／uŋ／：公 kuŋ ˥，同 tʻuŋ ∕，

　　　　　　　　　　　總 tsuŋ ∟，送 suŋ ∨。

　　　　　　　　／uk／：督 tuk ┤，毒 tʻuk ˥。

　　　　　　　△／ok／：沃 vok ┤。

　　合三（東屋）／uŋ／：風 fuŋ ˥，隆 luŋ ∕，

　　　　　　　　　　　仲 tsʻuŋ ∨。

　　　　　　　　／iuŋ／：嵩 ɕiuŋ ˥，窮 tɕʻiuŋ

　　　　　　　　　　　∕。

　　　　　　　　／uk／：福 fuk ┤，熟 suk ˥。

　　　　　　　　／iuk／：肉 ȵiuk ┤，陸 tiuk ˥。

　　合三（鍾燭）／uŋ／：鬆 suŋ ˥，從 tsʻuŋ ∕，

　　　　　　　　　　　擁 iuŋ ∟，俸 fuŋ ∨。

　　　　　　　　／iuŋ／：拱 tɕiuŋ ∟，冗 iuŋ ∕，

勇 iuŋ 」，共 tɕ'iuŋ
ㄣ。

／uk／：燭 tsuk 」，屬 suk ㄱ。

／iuk／：足 tɕiuk 」，玉 ȵiuk
ㄱ。

綜合以上各韻攝，再以瑞金韻母為主與中古音作比較，從陰
聲韻開始，依 i，e，ɑ，ɔ，o，ɤ 的順序比較如下：

／ㄟ／

蟹開三（祭）：世 sㄟ ㄣ，製 tsㄟ ㄣ。

蟹開四（齊）：西 ɕi ㄱ，米 mi 」。

蟹合四（齊）：攜 ɕiɑ ㄱ。

止開三（支）：碑 pi ㄱ，戲 ɕiɑ ㄣ。

止開三（脂）：悲 pi ㄱ，美 mi 」。

止開三（之）：基 tɕiɑ ㄱ，里 li 」。

止開三（微）：氣 tɕ'i ㄣ，毅 ȵi ㄣ。

止合三（支）：危 ȵi ㄟ。

止合三（脂）：遺 i ㄟ，季 tɕiɑ ㄣ。

／u／

遇合一（模）：圖 t'u ㄟ，魯 lu 」。

遇合三（魚）：書 su ㄱ，楚 ts'u 」。

遇合三（虞）：夫 fu ㄱ，樹 su ㄣ。

流開三（尤）：婦 fu ㄣ。

／e／

蟹開一（咍）：材 ts'e ㄟ，代 t'e ㄣ。

　　蟹開一（泰）：太 t'e ㄟ，賴 le ㄟ。

　　蟹開二（夬）：敗 p'e ㄟ，邁 me ㄥ。

　　蟹開二（皆）：排 p'e ㄞ，界 ke ㄟ。

　　蟹開二（佳）：街 ke ㄱ，矮 e ㄥ。

　　蟹開四（齊）：低 te ㄱ，替 t'e ㄟ。

/ ie /

　　假開三（麻）：爹 tie ㄱ，姊 tɕie ㄥ。

　　遇合三（魚）：豬 tɕie ㄱ，女 ȵie ㄥ。

　　蟹開四（齊）：泥 ȵie ㄞ，洗 ɕie ㄥ。

　　止開三（支）：騎 tɕ'ie ㄞ，寄 tɕie ㄟ。

/ ue /

　　蟹開一（咍）：哀 ue ㄱ，菜 ts'ue ㄟ。

　　蟹開一（泰）：蔡 ts'ue ㄟ，蓋 kue ㄟ。

　　蟹開二（皆）：楷 k'ue ㄞ，豺 ts'ue ㄞ。

　　蟹合一（灰）：雷 lue ㄞ，桅 ŋue ㄞ。

　　蟹合二（皆）：怪 kue ㄟ，乖 kue ㄱ。

　　蟹合二（佳）：歪 ue ㄱ，拐 kue ㄥ。

　　蟹合二（夬）：快 k'ue ㄟ。

　　蟹合三（祭）：稅 sue ㄟ。

　　止合三（支）：危 ŋue ㄞ，嘴 tsue ㄟ。

　　止合三（尾）：鬼 kue ㄥ。

/ ɑ /

　　果開一（歌）：他 t'ɑ ㄱ。

　　假開二（麻）：假 kɑ ㄥ，罵 mɑ ㄟ。

　　　　假開三（麻）：扯ts'a ˩，蛇sa ˗ 。

　　　　假合三（麻）：瓦ŋa ˩，花fa ˥ 。

　　　　蟹開二（佳）：佳ka ˥ 。

　　　　蟹合二（佳）：蛙va ˥，卦ka ˘ 。

　　　　蟹合二（夬）：話fa ˘ 。

/ ia /

　　　　果合三（戈）：瘸tɕ'ia ˗ 。

　　　　假開二（麻）：加ka ˥，丫ia ˥ 。

　　　　止開三（支）：易ia ˘（姓）

　　　　假開三（麻）：野ia ˩，謝ɕia ˘ 。

/ ɔ /

　　　　效開一（豪）：刀tɔ ˥，告kɔ ˘ 。

　　　　效開三（肴）：茅mɔ ˗，鬧nɔ ˘ 。

　　　　效開三（宵）：燒sɔ ˥，少sɔ ˩ 。

　　　　流開三（尤）：矛mɔ ˗ 。

/ iɔ /

　　　　效開三（肴）：巧tɕ'iɔ ˩，校ɕiɔ ˘ 。

　　　　效開三（宵）：苗miɔ ˗，耀iɔ ˘ 。

　　　　效開四（蕭）：條t'iɔ ˗，料liɔ ˘ 。

　　　　流開三（幽）：彪piɔ ˥，繆miɔ ˘ 。

/ o /

　　　　果開一（歌）：多to ˥，左tso ˩ 。

　　　　果合一（戈）：坡po ˥，妥t'o ˩ 。

　　　　遇合一（模）：摸mo ˥，錯ts'o ˘ 。

　　　流開一（侯）：剖 p'o ╲。

/ io /

　　　果開三（戈）：茄 tɕ'io ╱。

　　　果合三（戈）：靴 ɕio ˥。

/ ɤ /

　　　遇合三（魚）：汝 lɤ ˩。

　　　遇合三（虞）：縷 lɤ ˩。

　　　止開三（支）：爾 lɤ ╱。

　　　止開三（之）：耳 lɤ ˩，而 lɤ ╱。

　　　流開一（侯）：偷 t'ɤ ˥，走 tsɤ ˩。

　　　流開三（尤）：浮 fɤ ╱，瘦 sɤ ╲。

/ ei /

　　　蟹開一（泰）：貝 pei ╲，沛 p'ei ╲。

　　　蟹開四（齊）：犁 lei ╱。

　　　遇合三（魚）：驟 lei ╱。

　　　蟹合一（灰）：杯 pei ˥，配 p'ei ╲。

　　　蟹合三（祭）：衞 vei ╲。

　　　蟹合三（廢）：廢 fei ╲，肺 fei ╲。

　　　蟹合四（齊）：惠 fei ╲。

　　　止開三（支）：卑 pei ˥，被 pei ╲。

　　　止開三（脂）：眉 mei ╱，寐 mei ╲。

　　　止合三（支）：爲 vei ╱，毀 fei ˩。

　　　止合三（脂）：維 vei ╱，位 vei ╲。

　　　止合三（微）：飛 fei ˥，未 vei ╲。

/ ɑi /

蟹開一（咍）：災 tsɑi ˥ ，帶 tɑi ˅ 。

蟹開一（泰）：大 t'ɑi ˅ ，丐 kɑi ˅ 。

蟹合一（泰）：外 <u>vɑi</u> ˅ 。

蟹合二（皆）：懷 fɑi ˋ ，淮 fɑi ˋ 。

止開三（支）：篩 sɑi ˥ 。

止開三（之）：淬 tsɑi ˩ 。

/ oi /

蟹開一（咍）：鰓 soi ˥ 。

蟹合一（灰）：賠 p'oi ˋ ，妹 moi ˅ 。

蟹合三（祭）：歲 soi ˅ 。

蟹合三（廢）：吠 p'oi ˅ 。

/ iu /

遇合三（魚）：居 tɕiu ˥ ，呂 liu ˩ 。

遇合三（虞）：鬚 ɕu ˥ ，句 tɕiu ˅ 。

效開三（肴）：酵 ɕiu ˅ 。

流開三（尤）：修 ɕiu ˥ ，九 tɕiu ˩ 。

流開三（幽）：糾 tɕiu ˥ ，幼 iu ˅ 。

/ ui /

蟹合一（灰）：碎 sui ˅ ，隊 tui ˅ 。

蟹合一（泰）：蛻 t'ui ˅ ，最 tsui ˅ 。

蟹合三（祭）：銳 lui ˅ ，脆 ts'ui ˅ 。

蟹合四（齊）：閨 kui ˥ ，桂 kui ˅ 。

止合三（支）：吹 ts'ui ˥ ，瑞 sui ˅ 。

止合三（脂）：水 sui 」，追 tsui ㄱ。

止合三（微）：歸 kui ㄱ，貴 kui ∨。

/ in /

深開三（侵）：心 ɕin ㄱ，林 lin ∧。

臻開三（眞）：秦 tɕ'in ∧，忍 ȵin 」。

臻開三（殷）：隱 in 」，近 tɕ'in ∨。

臻合三（諄）：唇 ɕin ∧。

曾開三（蒸）：蒸 tɕin ㄱ，應 in ㄱ。

梗開二（耕）：鶯 in ㄱ，橙 tɕ'in ∧。

梗開三（庚）：京 tɕin ㄱ，平 p'in ∧。

梗開三（清）：聲 ɕin ㄱ，整 tɕin 」。

梗開四（青）：丁 tin ㄱ，另 lin ∨。

梗合三（清）：駢 ɕin ㄱ，營 in ∧。

/ it /

深開三（緝）：立 lit ㄱ，急 tɕit ˩。

臻開三（質）：筆 pit ˩，疾 tɕ'it ㄱ。

臻開三（迄）：訖 tɕit ˩。

曾開三（職）：逼 pit ˩，直 tɕ'it ㄱ。

梗開三（陌）：碧 pit ˩。

梗開三（昔）：僻 p'it ˩，昔 ɕit ˩。

梗開四（錫）：踢 t'it ˩，歷 lit ㄱ。

/ un /

臻合一（魂）：敦 tun ㄱ，論 lun ∨。

臻合三（諄）：純 sun ∧，蠢 ts'un 」。

/ ut /

臻合一（沒）：沒 mut ˥ ，卒 tsut ˩ 。

臻合三（術）：術 sut ˥ ，出 ts'ut ˩ 。

/ en /

深開三（侵）：森 sen ˥ ，滲 sen ˎ 。

臻開一（痕）：很 hen ˊ ，恨 hen ˎ 。

臻合一（魂）：門 men ˊ ，本 pen ˩ 。

臻合三（文）：分 fen ˥ ，吻 ven ˩ 。

曾開一（登）：增 tsen ˥ ，等 ten ˩ 。

曾開三（蒸）：瞪 ten ˎ 。

曾合一（登）：弘 fen ˊ 。

梗開二（庚）：生 <u>sen</u> ˥ ，<u>省</u> <u>sen</u> ˩ 。

梗開二（耕）：爭 tsen ˥ ，耿 ken ˩ 。

梗開三（庚）：<u>盟</u> men ˊ 。

梗開四（青）：銘 men ˊ 。

梗合二（耕）：宏 fen ˊ 。

深開三（緝）：澀 set ˩ 。

臻合一（沒）：勃 pet ˥ ，忽 fet ˥ 。

臻合三（物）：佛 fet ˥ 。

曾開一（德）：克 k'et ˩ ，墨 met ˩ 。

曾開三（職）：測 ts'et ˩ ，側 tset ˩ 。

曾合一（德）：國 ket ˩ ，或 fet ˥ 。

梗開二（陌）：格 <u>ket</u> ˩ ，白 <u>p'et</u> ˥ 。

梗開二（麥）：責 tset ˩ ，核 het ˩ 。

梗合二（麥）：獲 fet ㄱ。

/ ien /

　　咸開三（鹽）：尖 tɕien ㄱ，染 ȵien ⌐。

　　咸開四（嚴）：醃 ien ㄱ，儼 ȵien ⌐。

　　咸開四（添）：甜 t'ien ㄥ，店 tien ㄨ。

　　山開三（仙）：綿 mien ㄥ，扇 ɕien ㄨ。

　　山開三（元）：言 ȵien ㄥ，建 tɕien ㄨ。

　　山開四（先）：天 t'ien ㄱ，年 ȵien ㄥ。

　　山合三（仙）：戀 lien ㄨ。

/ iet /

　　咸開三（葉）：獵 liet ㄱ，葉 iet ㄱ。

　　咸開三（業）：業 iet ㄱ，刼 tɕiet ㄥ。

　　咸開四（帖）：貼 t'iet ㄥ，碟 t'iet ㄱ。

　　山開三（薛）：烈 liet ㄱ，哲 tɕiet ㄥ。

　　山開三（月）：揭 tɕiet ㄥ，竭 tɕ'iet ㄱ。

　　山開四（屑）：切 tɕ'iet ㄥ，篾 miet ㄱ。

/ ɑn /

　　咸開一（覃）：貪 t'ɑn ㄱ，坎 k'ɑn ㄥ。

　　咸開二（談）：三 sɑn ㄱ，暫 ts'ɑn ㄨ。

　　咸開二（咸）：減 tɕien ㄥ，賺 ts'ɑn ㄨ。

　　咸開二（銜）：監 kɑn ㄱ，崁 k'ɑn ㄥ。

　　咸合三（凡）：帆 fan ㄥ，梵 fan ㄥ。

　　深開三（侵）：簪 tsɑn ㄱ，參 ts'ɑn ㄱ。

　　山開一（寒）：奸 kɑn ㄱ，傘 sɑn ㄥ。

　　　山開二（山）：山 san ˥ ，眼 ŋan ˩ 。

　　　山開二（刪）：攀 p'an ˥ ，版 pan ˩ 。

　　　山合二（刪）：還 fan ˊ ，彎 van ˥ 。

　　　山合二（山）：幻 fan ˇ 。

　　　山合三（元）：翻 fan ˥ ，晚 van ˩ 。

/ at /

　　　咸開一（合）：納 nat ˥ ，答 tat ˩ 。

　　　咸開一（盍）：蠟 lat ˩ ，溻 tat ˥ 。

　　　咸開二（洽）：插 ts'at ˩ ，夾 kat ˩ 。

　　　咸開二（狎）：甲 kat ˩ ，鴨 at ˩ 。

　　　咸合三（乏）：法 fat ˩ ，乏 fat ˥ 。

　　　山開一（曷）：達 t'at ˥ ，薩 sat ˩ 。

　　　山開二（黠）：殺 sat ˩ ，拔 p'at ˥ 。

　　　山開二（鎋）：鏟 tsat ˩ ，瞎 hat ˩ 。

　　　山合二（黠）：滑 vat ˥ 。

　　　山合三（月）：發 fat ˩ ，罰 fat ˥ 。

/ ion /

　　　山開三（仙）：鮮 ɕion ˥ ，乾 tɕ'ion ˊ 。

　　　山開三（元）：軒 ɕion ˥ 。

　　　山開四（先）：弦 ɕion ˊ ，繭 tɕion ˩ 。

　　　山合三（仙）：宣 ɕion ˥ ，院 ion ˇ 。

　　　山合三（元）：元 ȵion ˊ ，勸 tɕ'ion ˇ 。

　　　山合四（先）：犬 tɕ'ion ˩ ，玄 ɕion ˊ 。

/ iot /

　　　山開二（薛）：薛ɕiot ┤，泄ɕiot ┤。

　　　山開四（屑）：屑ɕiə ┤。

　　　山合三（薛）：絕tɕ'iot ˥，雪ɕiə ┤。

　　　山合三（月）：月ȵiot ˥，曰iot ┤。

　　　山合四（屑）：缺tɕ'iot ┤，穴ɕiot ˥。

/ uon /

　　　咸開一（覃）：含hɿon ⁄，暗uon ∨。

　　　咸開一（談）：甘kuon ˥，敢kuon ┘。

　　　山開一（寒）：肝kuon ˥，寒huon ⁄。

　　　山合二（山）：鰥kuon ˥，頑ŋuon ⁄。

　　　山合二（刪）：閂ts'uon ˥，篡ts'uon ∨。

　　　山合三（仙）：專tsuon ˥，轉tsuon ┘。

　　　山合三（元）：宛uon ┘。

/ uot /

　　　咸開一（合）：鴿kuot ┤，盒huot ˥。

　　　咸開一（盍）：盍huot ˥。

　　　山開一（曷）：割kuot ┤，曷huot ˥。

　　　山開二（黠）：抹muot ┤。

　　　山開二（鎋）：轄huot ┤。

　　　山合二（鎋）：刮kuot ┤，刷suot ┤。

　　　山合三（薛）：拙tsuot ┤，說suot ┤。

/ iun /

　　　臻開三（眞）：銀ȵiun ⁄，晉tɕiun ∨。

　　　臻合三（諄）：均tɕiun ˥，俊tɕiun ∨。

臻合三（文）：云 iun ㇄，軍 tɕiun ㄱ。

梗合三（庚）：詠 iun ㇂。

梗合三（清）：瓊 tɕ'iun ㇄，頃 tɕ'iun ㄴ。

梗合四（青）：廻 tɕiun ㄴ。

/ iut /

曾合三（職）：域 iut ㄥ。

臻合三（術）：恤 ɕiut ㄥ，律 liut ㄱ。

臻合三（物）：鬱 iut ㄥ。

梗合三（昔）：疫 iut ㄥ。

/ uŋ /

通合一（東）：同 t'uŋ ㇄，送 suŋ ㇂。

通合一（冬）：農 nuŋ ㇄，統 t'uŋ ㄴ。

通合三（東）：隆 luŋ ㇄，風 fuŋ ㄱ。

通合三（鍾）：鬆 suŋ ㄱ。

江開二（江）：窗 ts'uŋ ㄱ，瀧 luŋ ㇄。

/ uk /

通合一（屋）：卜 p'uk ㄥ，獨 t'uk ㄱ。

通合一（沃）：督 tuk ㄥ，毒 t'uk ㄱ。

通合三（屋）：熟 suk ㄱ，福 fuk ㄥ。

通合三（燭）：燭 tsuk ㄥ，屬 suk ㄱ。

江開二（覺）：樸 puk ㄥ，濁 ts'uk ㄱ。

流開二（尤）：復 fuk ㄥ。

/ aŋ /

梗開二（庚）：彭 p'aŋ ㇄，硬 ŋaŋ ㇂。

梗開二（耕）：棚 p'aŋ ⺊，莖 kaŋ ⌐ 。

梗開三（清）：城 saŋ ⺊，鄭 ts'aŋ ∨ 。

梗合二（庚）：横 vaŋ ⺊ 。

/ ak /

梗開二（陌）：格 kak ⌐ ，白 p'ak ⌐ 。

梗開二（麥）：麥 mak ⌐ ，隔 kak ⌐ 。

梗開三（昔）：隻 tsak ⌐ ，石 sak ⌐ 。

梗合二（麥）：劃 vak ⌐ 。

/ iaŋ /

梗開三（庚）：擎 tɕ'iaŋ ⺊ ，影 iaŋ ⌐ 。

梗開三（清）：輕 tɕ'iaŋ ⌐ ，姓 ɕiaŋ ∨ 。

梗開四（青）：醒 ɕiaŋ ⌐ 。

梗合三（清）：營 iaŋ ⺊ 。

/ iak /

梗開三（陌）：逆 ȵiak ⌐ 。

梗開四（錫）：壁 piak ⌐ 。

梗合四（錫）：錫 ɕiak ⌐ 。

/ oŋ /

宕開一（唐）：狼 loŋ ⺊ ，抗 k'oŋ ∨ 。

宕開三（陽）：莊 tsoŋ ⌐ ，掌 tsoŋ ⌐ 。

宕合一（唐）：光 koŋ ⌐ ，曠 k'oŋ ∨ 。

宕合三（陽）：方 foŋ ⌐ ，枉 voŋ ⌐ 。

江開二（江）：缸 koŋ ⌐ ，講 koŋ ⌐ 。

梗開二（庚）：盲 moŋ ⺊ 。

梗開二（耕）：蚌 p'oŋ ∨。

梗合二（庚）：礦 k'oŋ ∨。

/ ok /

遇合一（模）：賂 lok ˥。

宕開一（鐸）：索 sok ˩，落 lok ˥。

宕合一（鐸）：郭 kok ˩，鑊 vok ˥。

宕合三（藥）：縛 pok ˩。

江開二（覺）：剝 pok ˩，岳 ŋok ˥。

通合一（沃）：沃 vok ˩。

/ ioŋ /

宕開三（陽）：娘 ȵioŋ ∧，亮 lioŋ ∨。

宕合三（陽）：匡 tɕ'ioŋ ˥。

江開二（江）：江 tɕioŋ ˥，腔 tɕ'ioŋ ˥。

/ iok /

宕開三（藥）：藥 iok ˩，略 liok ˥。

/ iuŋ /

梗合三（庚）：榮 iuŋ ∧，永 iuŋ ˩。

梗合四（青）：螢 iuŋ ∧。

通合三（東）：嵩 siuŋ ˥，窮 tɕ'iuŋ ∧。

通合三（鍾）：用 iuŋ ∨，冗 iuŋ ∧。

深開二（侵）：吟 ȵiuŋ ∧。

/ iuk /

通合三（屋）：肉 ȵiuk ˩，陸 tiuk ˥。

通合三（燭）：足 tɕiuk ˩，玉 ȵiuk ˥。

㈢ 聲調比較：

中古（清　濁）→瑞　　金	例　　　字
平聲（　清　）→陰平 ˥ 55	：鋪 p'u ˥，妻 tɕ'i ˥，刀 tɔ ˥，湯 t'oŋ ˥。
平聲（　濁　）→陽平 ˨˦ 24	：菩 p'u ˨˦，齊 tɕ'i ˨˦，桃 t'ɔ ˨˦，唐 t'oŋ ˨˦。
上聲（清次濁）→上聲 ˩ 11	：堵 tu ˩，矩 tɕiu ˩，島 tɔ ˩，倘 t'oŋ ˩。
	：雅 ŋɑ ˩，呂 liu ˩，老 lɔ ˩。
上聲（全　濁）→去聲 ˦˨ 42	：部 p'u ˦˨，聚 tɕiu ˦˨，道 t'ɔ ˦˨，蕩 t'oŋ ˦˨。
上聲（次　濁）→陰平 ˥ 55	：馬 mɑ ˥，買 me ˥，禮 li ˥，腦 nɔ ˥。
去聲（清　濁）→去聲 ˦˨ 42	：布 pu ˦˨，帝 ti ˦˨，到 tɔ ˦˨，燙 t'oŋ ˦˨。
	：度 t'u ˦˨，第 t'i ˦˨，盜 t'ɔ ˦˨。
	：怒 nu ˦˨，麗 li ˦˨，冒 mɔ ˦˨。
入聲（　清　）→陰入 ˨ 2	：穀 kuk ˨，笠 tit ˨，著 tsok ˨，奪 tuot ˨。
入聲（　濁　）→陽入 ˥ 5	：物 vut ˥，密 mit ˥，

獵 liet ˥ ，鶴 hok ˥ 。

(1)中古平聲在瑞金變爲陰平，陽平兩調，這是漢語的通則。

(2)中古上聲清音依然是上聲，但上聲全濁變成高降調，調型與去聲同。次濁部分變高平調與陰平同調，部份仍維持上聲調，與陰上同，分化的條件不清楚。

(3)中古去聲不論清濁瑞金都唸成高降調。

(4)中古入聲清音在瑞金是低短調（陰入），濁音是高短調（陽入）。

(5)比較表：

		陰平 ˥₅₅	陽平 ˧˥₂₄	上聲 ˩₁₁	去聲 ˦˨₄₂	陰入 ˧₂	陽入 ˥₅
平	清音	湯刀鋪					
	濁音		唐桃菩				
上	清音			倘島堵			
	全濁				蕩道部		
	次濁	馬買懶		芥雅呂			
去	清音				愛到布		
	全濁				宕盜度		
	次濁				浪冒怒		
入	清音					北穀著	
	濁音						物密獵

附　註

❶ 指只有文言如此唸的音位及只有白話如此唸的音位，例如／t'ɑㄱ／（他）是文言音，／t'uo／（鉈）是白話音。

❷ 見袁氏漢語方言概要第 160 頁。

❸ 同上，第 164 頁。

❹ ／ər／或寫成／ə'／，見董同龢漢語音韻學第 17 頁。

❺ 見袁氏漢語方言概要第 154 頁。

❻ 參見 Hashimoto , M. J. 1973 , The Hakka Dialect . P. 3

❼ 參見 Pau Yang S. J. 1967 , Elements of Hakka Dialecto-logy . P.318

❽ 參見袁著漢語方言概要，1960 ，第 149 － 178 頁。

❾ 楊時逢台灣美濃客家方言，史語所集刊，第四十二本第三分，第 405 － 465 頁。

❿ 加橫線的字只用在白話，所舉例子是瑞金，梅縣一致的文白，但也有少數字瑞金分文白，梅縣不分的，如 "姓、頸、嶺、病" 等。（參看袁氏漢語方言概要第 154 頁及 160 頁）。

⓫ 見謝雲飛中國聲韵學大綱 1972，第 85 頁。

⓬ 見董同龢漢語音韻學 1972，第 46 － 48 頁。

⓭ 見袁家驊漢語方言概要 1967　第 149 頁。

⓮ 見羅香林客家研究導論，1933　第 41，64 頁。

⓯ 現有資料中楊氏南昌音系，余直夫的奉新音系，羅常培的臨川音系都是／n，l／不分。

⓰ 說見第三章語音描寫第 21　頁。

⓱ ／uən／ 是受介音／u／的影響由／e／變成／ə／。

⓲ 袁南昌音系只有／－t，－k／而沒有／－l，－?／。

⓳ 〔ɑo〕，〔ɛ〕兩說見第三章語音描寫第 19 頁。

⓴ 楊時逢江西方言聲調調類，史語所集刊第四十三本第三分 1971 。

㉑ 參見前言附圖。

㉒ 楊氏江西方言聲調裡瑞金有陰平陽平上聲去聲入五種調，與本文的描

寫有出入。

㉓ 此表是根據中央研究院歷史語言研究所調查字表改編 1970 。

㉔ 指其脣齒的部位不很明顯而近於雙脣。

㉕ 此處洪音與中古的等不太相配，瑞金知組唸成／ｔｓ／的包括合口字，開口二等及部分開口三等字。

㉖ 此處的細音只有開口三等字。

㉗ 見何大安《論贛方言》所列的七大特點。稿本影印一九八五。

㉘ 瑞金方言與客語、贛語及中古音比較全文見拙作《瑞金方言》第四章比較音韻部分。

㉙ 微母字在瑞金，不以／ｕ－／起首，而以／ｖ／爲聲母，但這個／ｖ／脣齒的位置不很明顯，如果後面加／ｕ／韻母時則唸成展脣的／ｗ／，如"烏"實際語音爲／ｗ／，那麼微母字也有唸成無聲母的現象了。

㉚ 依陳澧四十聲類，且把娘併入泥，喩分三等云母，四等以母。

㉛ 中古濁母字在國語平聲變送氣，仄聲變不送氣。

㉜ 見《瑞金方言》頁八七。

㉝ 見楊時逢南昌音系　史語所集刊三九本，一八六頁。

㉞ 見袁家驊梅縣音系　漢語方言概要　第一五五～一五六頁。

㉟ 見高本漢中國音韻學研究第六七三頁。

㊱ 見董同龢漢語音韻學第四八頁。

五　綜合比較

　　贛客方言的關係和流變，到目前為止，並沒有很充分的證據，給予很有條理的區分，但從現在所知的資料推測，原始贛語所具有的特色，大致有七點 ❷，是被大家所認同的：

1. 濁音清化平仄送氣。
2. 泥來有別。
3. 見系三等字不顎化。
4. 部份上聲次濁唸平音
5. 保持—m，—n，—ŋ 等鼻音尾。
6. 保持—p，—t，—k 等塞音尾。
7. 濁上歸去，平去入分陰陽，共七個聲調。

但這些特點與客語一致的地方很多，如濁音清化平仄送氣，保留—m，—n，—ŋ，—t，—k，見系三等不顎化等都很一致，以此相似的條件要區分贛客仍有不少困難，本文並不打算在這方面下功夫，只希望把瑞金方言與客語（梅縣）與贛語（南昌）與中古音 ❷ 比較所得的結果，放在一起做個分析，然後替瑞金方言做個歸屬，或許從這個歸屬裡可以替贛客之間的關係和流變，做另一番釐清的工作。現在就把瑞金在聲韻調三方面，與中古、贛、客比較所得的結果呈列出來：

(一)　聲　母

　　括號（　）內的聲母表示瑞金語中的例外或少數字，例字見與中古音比較部分。

中　　古:	客　　語	贛　　　語	瑞　　　　金
幫〔p〕	p	p	p,(p')
滂〔p'〕	p'	p'	p',(p)
並〔b〕	p'	p'	p'
明〔m〕	m	m	m
非〔pf〕	f	f	f,(p')
敷〔pf'〕	f	f	f,(p)
奉〔v〕	f,p'	f	f,(p')
微〔m〕	v,m	ø	v,(m)
端〔t〕	t	t	t,(t')
透〔t'〕	t'	t'	t',(t)
定〔d〕	t'	t'	t'
泥〔n〕	n	l,ȵ	n,ȵ,(ø),(l)
知〔ȶ〕	ts	ts,tɕ	ts,tɕ
澈〔ȶ'〕	ts'	ts',tɕ'	ts',tɕ'
澄〔ȡ〕	ts'	ts',tɕ'	ts',tɕ'
見〔k〕	k	k,tɕ	k,tɕ,(k'),(tɕ')
溪〔k'〕	k'	k',tɕ'	k',tɕ',(k),(tɕ),(h),(ɕ)
群〔g〕	k'	k',tɕ'	k',tɕ',(tɕ)
疑〔ŋ〕	ŋ	ŋ,ȵ,ø	ŋ,ȵ,ø,(v)
精〔ts〕	ts	ts,tɕ	ts,tɕ
清〔ts'〕	ts'	ts',tɕ'	ts',tɕ'
從〔dz〕	ts'	ts',tɕ'	ts',tɕ'
心〔s〕	s	s,ɕ	s,ɕ
邪〔z〕	s	s,ɕ,ts',tɕ	s,ɕ,ts',tɕ'
莊〔tʃ〕	ts	ts	ts
初〔tʃ'〕	ts'	ts'	ts'
床〔dʒ〕	ts'	ts'	ts'
疏〔ʃ〕	s	s	s
照〔tɕ〕	ts	ts,tɕ	ts,tɕ
穿〔tɕ'〕	ts'	ts',tɕ'	ts',tɕ'
神〔dz〕	s	s,ɕ	s,ɕ
審〔ɕ〕	s	s,ɕ	s,ɕ
禪〔ʑ〕	s	s,ɕ	s,ɕ,(tɕ')
影〔ʔ〕	ø,v	ŋ,ø	ø,v,(ŋ)
曉〔x〕	h,f	h,f,ɕ	h,f,ɕ
匣〔h〕	h,f	h,f,ɕ	h,f,ɕ,(v)
喻〔ɣj〕	ø,v	ø	ø,v,(ɕ)
喻四〔ø〕	ø	ø	ø,(v)
來〔l〕	l	l	l,(t)
日〔nr〕	ȵ,ø	ȵ,l	ȵ,l,ø

　　從上面的現象看起來，有一個很有趣的情形，那就是瑞金話除了微母字以外 ❷，其餘的三十九個聲母 ❸包容了所有的梅縣聲母現象，也包容了一切南昌話聲母現象。例如：中古見母字，客家話爲／k／，南昌話爲／k，tɕ／，瑞金必有／k，tɕ／；中古日母字，客家話有／n̠，ø／，贛語有／n̠，l／，瑞金必有／n̠，ø，l／……等等。而且瑞金還多出了若干客語、贛語所沒有的現象，譬如括號（　）中的聲母是從官話借入的，例如 " 譜、蝙、彎、遍……… " 等幫母字唸成送氣的／p′／和國語的現象一致，群母的 " 遽、件、鯨、競、劇 " 等字唸成不送氣的／tɕ／又和國語現象一致 ❸。

　　由此可見，由中古音到瑞金話，除了包容了客語、贛語的成分而外，還借用了一些官話音來當作自己的語音，假如把中古、客語、贛語、瑞金話比做一條水流，那麼中古音便是源頭，保有許多全濁聲母。當其涓涓始流的時候，濁音便開始清化，這是贛客同流的時候，接著，受地域的影響分成了兩個支流：一支便是客家話，由於作客他方，語言的保守性強，所以除了部分舌根音及喉塞音消失或變爲唇齒音／v／（如影母由＊ʔ→ø；v喻三由＊ɣj→ø，v）外，都保持了清化以後的完整面貌；另一支是贛語，由於流經的地域不同，受了官話的影響，所以有很一致的顎化現象（如ts→ts，tɕ；k→k，tɕ……等）。這兩個支流在瑞金又滙歸一處，所以瑞金保有客語的舊成分，又擁有贛語的新現象，再加上官話的影響，遂形成今日的瑞金聲母；如下圖：

```
      （清化）── 客語（ *ʔ→ø，v；*ɣj→ø，v；*k→k ）┐
中古 ──┤                                           ├ 瑞金
      └──────── 贛語（ *ʔ→ø，ŋ；*ɣj→ø；*k→k，tɕ ）┘
```

　　以上是聲母演變在大層面上的鳥瞰，至於細目部分可以核對「瑞金與中古音比較」[32]，「南昌話與中古音」[33]，梅縣與中古音[34]的資料，在此不多贅述。

(二) 韻　母

　　客語、贛語、瑞金話的韻母比聲母複雜，錯綜的對當很多，爲了求得其韻類的一致，拿中古的韻攝等呼爲根據，然後找出梅縣、南昌、瑞金的對當韻母。

韻攝	等呼	梅　縣	南　昌	瑞　金
㈠果	開一	o	o	o
	開三	iɑ	iɑ,ɑ	io
	合一	o	o,uo	o
	合三	io	yɑ	io
㈡假	開二	a	a	ɑ
	開三	a,ia	a,ia	a,iɑ
	合二	a,uɑ	a,uɑ	a
㈢遇	合一	u	u	u,(o)
	合三	i,u,(l)	u,y,(o)	u,iu,(ie)
㈣蟹	開一	ɑi,oi	i,ɑi	ɑi,e,ue
	開二	ɑi,iɑi	ɑi,(a)	e,(a)
	開三	i,l	i,l	i,l
	開四	i,ɑi,e	i	i,e,(ie)
	合一	i,ui,oi	i,ui	ei,ui,oi,ue
	合二	ɑi,uɑi	a,uɑi	ue,ɑi,(ɑ)
	合三	i,ui	ui	ui,ei
	合四	ui	ui	ui

(五)止	開	三	ɿ,i	ɿ,i	ɿ,i
	合	三	i,ui,(ɑi)	i,ui,u	i,ui,ei
(六)效	開	一	ɑu	ɑu	ɔ
	開	二	ɑu	ɑu	ɔ,iɔ
	開	三	ɑu,iɑu	ɛuɜ,iɛu	ɔ,iɔ
	開	四	iɑu	iɛu	iɔ
(七)流	開	一	eu	u,ɛu	ɤ
	開	三	eu,iu	u,ɛuɜ,iɛ	ɤ,iu
(八)咸	開	一	ɑm	ɑn,on	ɑn,uon
	開	二	ɑm	ɑn	ɑn
	開	三	iɑm	ien,en	ien
	開	四	iɑm	ien	ien
	合	三	ɑm	ɑn	ɑn
咸入	開	一	ɑp	ɑt,œt	ɑt,uot
	開	二	ɑp,iɑp	ɑt	ɑt
	開	三	ɑp,iɑp	iɛt,ɛt	iet
	開	四	iɑp	iɛt	iet
(九)深	開	三	im,em,əm	in,ən	in,(ən)
深入	開	三	ip,ep,əp	it,ət	it,et
(十)山	開	一	ɑn,on	ɑn,on	ɑn,uon
	開	二	ɑn,iɑn	ɑn	ɑn
	開	三	ɑn,iɑn	en	ien,ion
	開	四	ɑn,iɑn	ien	ien,ion
	合	一	ɑn,uon,on	on,uon	uon
	合	二	ɑn,uon,on	ɑn,uon,on	ɑn,uon
	合	三	ɑn,iɑn	on,yen,an,uan,ɑn,uɑn	ɑn,ion
	合	四	iɑn	yen,ien	ion,ien
山入	開	一	ɑt	ɑt,œt	ɑt,uot
	開	二	ɑt	ɑt	ɑt,uot
	開	三	ɑt,iɑt	ɛt,iɛt	iet,iot
	開	四	iɑt	iɛt,yɛt	iet,iot
	合	一	ɑt	œt,uɛt	uot
	合	二	ɑt	ɑt,uɑt	ɑt,uot
	合	三	ɑt,iɑt	uɛt,yɛt	ɑt,iot
	合	四	iɑt	yɛt,iɛt,ɑt,uɑt	iot
(土)臻	開	一	en	en,uən	en
	開	二	—	—	—

	開三	in	in,ən	in,iun
	合一	un	ən,uən	un,ən
	合三	un,iun	uən,yin,in	un,iun
臻入	開一	—	—	—
	開二	—	—	—
	開三	et,ət,it	ət,et,it	it,iet
	合一	ut	ət,uət,(uəl)	ut,et
	合三	ut,it	uət,yt,ət	ut,iut
⑪宕	開一	oŋ	oŋ	oŋ
	開三	oŋ,ioŋ	oŋ,io	oŋ,ioŋ
	合一	oŋ,(uoŋ)	oŋ,(uoŋ)	oŋ
	合三	oŋ	oŋ,(uoŋ)	oŋ
宕入	開一	ok	oʔ	ok
	開三	ok,iok	oʔ,ioʔ	iok
	合一	uok	oʔ,uoʔ	ok
	合三	ok	oʔ	ok
⑫江	開二	uŋ	oŋ	uŋ,oŋ
江入	開二	ok	oʔ	uk,ok
⑬曾	開一	en	en,ŋ	en
	開三	in	in,ən,n	in,en
	合一	en	uŋ	en
曾入	開一	et	εʔ,εt,iεt	et
	開三	et	it,ət,εt	it,et
	合一	et	εt,ət,εt	et
	合三	et	—	iut
⑭梗	開二	en,in,aŋ	uŋ,in,aŋ,en	aŋ,en,oŋ
	開三	aŋ,iaŋ	in,ən,iaŋ	in,iaŋ,aŋ
	開四	aŋ,en,iaŋ	in,iaŋ	in,en,iaŋ
	合二	aŋ,(uaŋ)	aŋ,uŋ,uaŋ	uŋ,aŋ,en
	合三	en,iaŋ,iuŋ	in,ia,yuŋ	in,iaŋ,iuŋ
	合四	—	in,yin,yuŋ	iun,iuŋ
梗入	開二	ak,et	εʔ,aʔ,εt,iεt	et,ak
	開三	at,it	ət,it,aʔ	it,ak
	開四	et,ət,it,iak	it	it,iak
	合二	et	εt	et,ak
	合三	—	yt	iut
	合四	iak	yt	it,iak
⑮通	合一	uŋ	uŋ	uŋ
	合三	uŋ,iuŋ	uŋ,yuŋ	uŋ,iuŋ
通入	合一	uk	uʔ	uk,(ok)
	合三	uk,iuk	oʔ,yuʔ,yt	uʔ,uk,iuk

　　從中古、梅縣、南昌和瑞金的對應中尋找，無法得到和聲母一樣有條理的演變次序，但也有幾個特徵可以看出它們之間的走向。

　　陰韻聲 " 果、假、遇、蟹、止、效、流 " 七攝中，南昌的 " 果、遇 " 二攝合口三等字有撮口音／y／，這是梅縣和瑞金所沒有的特點，循著這個特點查對高本漢的二十六個方言字彙表❸❺，" 魚、虞 " 兩韻在客家只唸／i／或／u／，與其他二十五處方言有／y／的現象完全不同，再查客語其他各韻母，也沒有介音／y／。所以董同龢先生在介紹現代方言時，曾指出 " 客語韻母的最大特點是沒有撮口音 " ❸❻。瑞金的 " 魚、虞 " 韻字只唸／u／或／iu／，而沒有／y／，正是客語的現象。其次，陰韻聲在瑞金有複元音簡化為單元音的趨向。例如：中古效攝字，梅縣唸／ɑu／，南昌唸／ɑu，ɛu／，而瑞金一律唸／ɔ／；中古流攝字，梅縣為／eu／，南昌為／ɛu／，而瑞金一律為／ɤ／；中古蟹攝開二，梅縣唸／ɑi，iɑi／，南昌唸／ɑi，ɑ／，而瑞金只有單元音／e，ɑ／。

　　陽聲韻中，中古 " 咸、深 " 兩攝，梅縣和中古音一樣收／－m／，而瑞金和南昌都變成收／－n／的韻尾，從這個現象看起來，客語和中古音極接近，而贛語和瑞金則受其他方言影響而把韻尾的雙唇鼻音唸成舌尖鼻音了。程序如下：

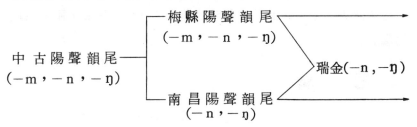

入聲韻的情況和陽聲韻一樣，在中古"咸、深"兩攝的入聲字，梅縣和中古一樣收／－p／韻尾，而南昌和瑞金都收／－t／，也是由雙唇的部位變成舌尖。其次，中古"梗、通"兩攝的入聲字，中古都收／－k／韻尾，梅縣少部分變成／－t／，大部分仍爲／－k／，瑞金也是有／－t／／－k／兩種塞音尾，唯獨在南昌是收／－t／和／－ʔ／，這種由阻塞較強的／－k／變成塞音／－ʔ／的情形，是各地方言常見的現象。如此說來入聲的演變程序是：

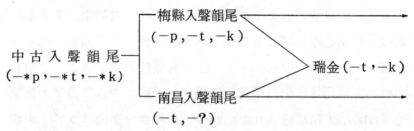

那麼，瑞金的入聲似比南昌近於中古，其實這仍就是融合客語和贛語的現象。換言之，從入聲韻看中古到瑞金，它的情況和聲母一致，中古是源頭，有完整的／－p，－t，－k／。然後分爲兩支，一支是客語，保存了／－p，－t，－k／，但部分／－k／變成／－t／；另一支爲贛語，／－p／變爲／－t／，／－k／也弱化成／－ʔ／，所以只剩／－t，－ʔ／兩入聲尾。當這兩支流會合在一起時，就產生了既有客語的／－k／，又像贛語失去了／－p／，而成爲僅有／－t，－k／兩入聲尾的瑞金音了。

㈢ 聲　調

中　　古	清濁	客　　　　　語	贛　語	瑞　　　　金
(1)平聲	清	陰平	陰　平	陰平
	濁	陽平	陽　平	陽平
(2)上聲	清	上聲	上　聲	上聲
	次濁	（上聲），陰平	上　聲	上聲，（陰平）
	全濁	去聲，（陰平）	陽　去	去聲
(3)去聲	清	去聲	陰　去	去聲
	濁	去聲	陽　去	去聲
(4)入聲	清	陰入	入　聲	陰入
	濁	陽入	入　聲	陽入

　　聲調的走向，中古到梅縣及瑞金，都分陰平、陽平、上聲、
去聲、陰入、陽入六個調但也有部分不太一致，其中梅縣上聲
全濁小部分歸陰平，大部分變去聲，而瑞金上聲全濁都歸去聲。
至於南昌就有很大的區別了，首先南昌的去聲有兩種，一種是中
古上聲全濁及去聲全濁都變成陽去，另一種是中古去聲清音爲陰
去。其次南昌只有一個入聲，不分陰陽一律短促而有塞音尾。如
此少一個入聲多一個去聲，成了陰平、陽平、上聲、陰去、陽去
、入聲六個調類。那麼，依聲調的系統看來，瑞金與客語系統是
極符合的。另外一個現象是瑞金有變調而南昌、梅縣沒有，倒是
瑞金在聲調上的一個特色。

伍　結　論

　　語言是人類思想交流的工具，是社會文明發展的原動力。但是，因爲環境的阻隔，我們所用的語言也因時因地而有不同。一群人，可以藉著他們各人所說的話而達到彼此溝通的目的。由於思想能夠溝通，在心裡自然會有親切的感覺，譬如瑞金人，不能全懂南昌話，所以南昌雖爲省城所在，也有格格不入的感覺，而汀州、嘉應等地，雖屬不同省分，但由於語音相近，總有親切的感受。

　　由此看來，方言的區分和政治組織、地域歸劃並沒有多大關係，重要的是語音的特徵及詞彙的特色。例如中古濁音都變送氣清音是**贛客**的語音特徵，又如客家話同義詞比官話多，一個“打”字，由於使用工具及方法不同，便有十數種同義詞，這便是客家話的詞彙特色❶。

　　然而，一個方言的形成，主要原因是由於彼此交談的密度。每一個人說的話可以說是從小到老不斷學習的結果，小孩固然是向他周圍的人學話，成人也無時無地不受所接談人的影響。所以在一個方言之內，彼此間仍然可由交接密度的不同而有種種差異❷。

　　瑞金地處贛客之間，自然會受兩個不同方言的影響而變成一種適合於他自己環境的方言，也由於它跟客語區接觸較頻繁，所以所表現出的語音較接近客語。本文雖然對音韻系統做過詳細的

描寫和比較，找出了不少的特點，但沒有做全盤的統計便無法給
它一個滿意的歸屬。現在，把瑞金話在描寫比較中所發現的特點
羅列出來，再和客語、贛語做個總比較，才能得到客觀的歸屬。

語　音　特　點	瑞金	客語	贛語
(1)中古濁音都變送氣清音	＋	＋	＋
(2)中古部分來母字唸／ t ／	＋	－	－
(3)中古微母字唸成／ v - ／	＋	＋	－
(4)／ ts，ts'，s，n ／接齊齒音	－	＋	－
(5)／ k，k'，ŋ，h ／接齊齒音	－	＋	－
(6)／ n，l ／分別清楚	＋	＋	＋
(7)無撮口音／ y ／當元音韻母	＋	＋	－
(8)陽聲尾、入聲尾各有兩個	＋	－	＋
(9)去聲不分陰陽	＋	＋	－
(10)入聲分陰陽	＋	＋	－
總　　　　計	8	6	4

　　從這十項統計中，瑞金和客語一致的有六項，和贛語一致的
有四項，加上瑞金人自己說他們是客家人的證據，本文的結論是
" 瑞金話本來是客語，受了贛語的影響而發生改變，再加上借入
一些官話的讀書音，形成今天的瑞金話。"

陸　附　錄

一　詞　彙

㈠　自　然

天　t'ien ˥

天空　t'ien ˥ k'uŋ ˥

天亮　t'ien ˥ koŋ ˥
（天光）

天黑　t'ien ˥ ia ∨

天邊　t'ien ˥ pien ˥

太陽　ȵiet ˥ t'ɤ ˩
（熱頭）

出太陽　ts'ut ˧ ȵiet ˥
t'ɤ ˩

日落　ȵiet ˥ tɤ ˩ lok ˥ san ˥

晒　se ∨

照　tsɔ ∨

日蝕　t'ien ˧ kɤ ˩
ɕit ˥ ȵit ˧（
天狗食日）

月亮　ȵiot ˥ koŋ ˥
（月光）

月牙　ȵiot ˥ ŋa ˩

月圓　ȵiot ˥ ion ˥

月蝕　t'ien ˧ kɤ ˩
ɕit ˥
ȵiot ˥（天狗食月）

星　t'ien ˥ ɕin ˥
（天星）

掃帚星　sɔ ∨ pa ˩ ɕin ˥

流星　liu ˥ ɕin ˥

銀河　ho ˥ hai ˥

光　koŋ ˥

發亮　fat ˧ lioŋ ∨

暗　uon ∨

黑　het ˧

影　iaŋ ˩

風　fuŋ ˥

風吹　fuŋ ˥ tsʼui ˥

風停了　fuŋ ˥ tʼin ˧ tiɔ ˥

颱風　tʼoi ˧ fuŋ ˥

起大風　tɕʼiɐ ˩ tʼai ˥ fuŋ ˥

起龍捲風　tɕʼi ˥ tiuŋ ˧ tɕion ˩ fuŋ ˥

吹乾　tsʼui ˥ kuon ˥

雨　iu ˩

下雨　lok ˥ iu ˩

淋雨　tin ˧ iu ˩

晴雨　tɕʼiaŋ ˧ iu ˩

大雨　tʼai ˥ iu ˩

小雨　ɕiɔ ˩ iu ˩

滴　tit ˧

虹　koŋ ˥

晚　van ˩ ha ˧

霧　vu ˥

下霧　lok ˥ vu ˥

瘴氣　tsoŋ ˥ tɕʼiɐ ˥

露水　lu ˥ sui ˩

結露　tɕiɐt ˧ lu ˥

霜　soŋ ˥

雪　ɕiot ˧

融雪　iuŋ ˧ ɕiot ˧

溶解　iuŋ ˧ ke ˩

冰雹　pin ˥ pʼok ˥

落雹　lok ˥ pʼok ˥

閃電　ta ˥ ɕien ˧ kon ˥

雷　lei ˧

打雷　ta ˩ lei ˧ kuŋ ˥

雷劈　lei ˧ pʼiak ˧

天氣　tʼien ˥ tɕʼiɐ ˥

晴　tɕʼin ˧ tʼien ˥

陰天　in ˥ tʼien ˥

天旱　tʼien ˥ huon ˧

牛郎星　ɳiu ˧ loŋ ˧ ɕiɐ ˥

織女星　tɕiɐt ˧ ɳiu ˩ ɕiɐ ˥

南風　nan ˧ fuŋ ˥

北風　pet ˧ fuŋ ˥

東風　tuŋ ˥ fuŋ ˥

西風　ɕi ˥ fuŋ ˥

地　t'i ˇ

土地　t'u ˊ t'i ˩

地下　t'i ˇ ha ˊ

地震　t'i ˇ tɕin ˩
　　　ŋɔ ˊ ȵiu ˥
　　　tsuon ˥ tset ˨（
　　咬牛轉側）

裂　liet ˥

濕地　ɕit ˨ t'i ˇ

泥　ȵie ˊ

爛泥　lan ˇ ȵie ˊ

石頭　sak ˥ t'ɤ ˩
　　　（sak ˥ ku ˩）

沙　sa ˥

山　saŋ ˥

山頂　san ˥ tiaŋ ˥

半山腰　pan ˇ san ˥
　　　　ⅰɕi ˥

山脚　saŋ ˥ tɕiok ˨

山坡　saŋ ˥ pɔ ˥

山崩　san ˥ pen ˥

山巖　san ˥ ŋan ˥

坳　ˇ ɔ

山谷　san ˥ kuk ˨

山坑　saŋ ˥ haŋ ˥

山洞　saŋ ˥ t'uŋ ˇ

窟窿　kut ˥ luŋ ˩

水　sui ˩

水面　sui ˩ mien ˇ

結冰　tɕiet ˨ pin ˥

冰　pin ˥

冲　ts'uŋ ˥

浸　tɕin ˇ

浮　fɤ ˊ

沉　tɕ'in ˊ

清　tɕ'in ˥

渾　vən ˊ

瀑布　pɔ ˇ pu ˇ

海　hoi ˩

生銹　saŋ ˥ lu ˥

生鐵　saŋ ˥ t'iet ˨

鋼　koŋ ˥

錫　ɕiak ˨

鉛　ion ˊ

煤　mei ˊ

煤炭　mei ˊ t'an ˇ

煤油　mei ˊ iu ˊ

水銀　sui ˊ ȵiun ˩

硃砂　tsu˥ sɑ˥

玉　iuk˥

翡翠　fei˥ ts'ui˩

海嘯　hai˩ ɕio˥

海彎　hai˩ vɑn˥

波浪　po˥ loŋ˩

浪花　loŋ˩ fa˥

潮水　ts'ɔ˦ sui˩

漲潮　tsoŋ˩ ts'ɔ˦ sui˩

潮退　t'ui˩ ts'ɔ˦ sui˩

沙灘　sa˥ ɑ˥ t'ɑn˥

島　tɔ˩

海角　hoi˩ kok˩

湖　fu˦

河　ho˦

河岸　hɤ˦ ŋɑn˩

渡口　t'u˩ k'ɤ˩

池塘　ts'ʅ˦ t'oŋ˥

溪　tɕ'ie˥

窪　va˥

泉　tɕ'ion˦

金子　tɕin˥ tsʅ˩

銀子　ȵiun˦ tsʅ˩

銅　t'uŋ˦

銅　t'uŋ˦ tiuk˥

鐵　t'iet˧

銹　lu˥

鑽石　tsuon˩ sak˥

塵灰　tɕ'in˦ foi˥

粉　fən˩

末子　muot˥ tsʅ˩

泡沫　p'ɔ˩ muot˥

火　fo˩

燒　sɔ˥

著火　ts'ok˥ fo˩

火災　fo˦ tsai˥

燼　foi˥ tɕ'in˩

煙　ien˥

薰　ɕiun˥

火焰　fo˦ ien˩

水蒸氣　sui˩ tɕət˥ tɕ'i˩

上流　soŋ˩ liu˦

下流　ha˩ liu˦

凝固　nin˦ ku˩

淹　ien˥

順風　sun ˇ fuŋ ˥

逆風　n.iak ˥ fuŋ ˥

爬山　p'a ˄ san ˥

堵塞　t'u ˄ set ˩

潛　tɕ'ien ˄ sui ˩

水閘　sui ˩ kat ˩

水壩　sui ˩ pa ˇ

堤防　t'i ˄ foŋ ˥

航海　hoŋ ˄ hoi ˩

填海　t'ien ˄ hoi ˩

乘涼　t'aŋ ˄ tioŋ ˄

世界　sʅ ˇ ke ˇ

溝渠　kɤ ˥ tɕ'iu ˥

(二)　動　物

產子　lok ˥ tsɔ ˩

毛　mɔ ˄

尾巴　mei ˄ pa ˥

爪子　tsɔ ˩ tsʅ ˄

抓　tsa ˥

蹄　t'e ˄ tsʅ ˥

角　kok ˩

茸　iuŋ ˄

龍　tiuŋ ˄

群　tɕ'ui ˄

合群　hot ˥ tɕ'iun ˩

交尾　kɔ ˥ mei ˄

禽獸　tɕ'in ˄ tɕ'iu ˄

老虎　lɔ ˄ fu ˩

獅子　sʅ ˥ tsʅ ˩

豹子　pɔ ˇ tsʅ ˄

狼　loŋ ˄

狐狸　fu ˄ ti ˥

野貓　ia ˄ miɔ ˇ

黃鼠狼　voŋ ˄ su ˩
　　　　loŋ ˄

象　ɕioŋ ˇ

鹿　luk ˥

麞　tsoŋ ˥

野豬　ia ˄ tɕie ˥

熊　ɕiuŋ ˄

猴子　hɤ ˄ tsʅ ˥

猩猩　ɕia ˥ nia ˥

兔子　t'u ˇ tsʅ ˄

老鼠　lɔ ˥ ɕie ˩

田鼠　t'ien ˄ ɕie ˩

鳥　tiɔ ˥

飛　fei ˥

翼膀　it ⌐ p'oŋ ∟

羽毛　iu ∟ cm ∧

脫毛　t'uot ∟ cm ∧

嘴　tsoi ∨

蛋　t'ɑn ∨

老鷹　lɔ ⌐ cl ∧ ŋai ∟

貓頭鷹　mio ⌐ t'ɤ ∧ cim ⌐ in ⌐

燕子　ien ∨ tsl ∧

烏鴉　vu ∧ cm ⌐

喜鵲　ɕi ∟ ɕə ∟ tɕ'iok ∟

麻雀　ma ∧ tiɑ ⌐ ɕə ∟ tsl ∟

鴿子　kuot ∟ tsl ∧

八哥　pɑ ⌐ ko ⌐

班鳩　pan ⌐ tɕiu ⌐

鸚鵡　in ⌐ vu ∟

黃鶯　voŋ ∧ in ⌐

畫眉　fɑ ∨ mi ∧

鴛鴦　ien ⌐ ioŋ ⌐

啄木鳥　tsok ∟ muk ∟ nciɔ ∟

孔雀　k'uŋ ∟ ɕə ∟ tɕ'iok ∟

雁　ŋɑn ∨

鷓鴣　tsɑ ∨ ku ⌐

野鷄　iɑ ∧ kie ⌐

鶴　hok ⌐

鸕鷀　lu ∨ sl ⌐

蝙蝠　ien ∧ cl ⌐ ɕiɑ ⌐

　　（簷老鼠）

家畜　kɑ ⌐ ɕiuk ∟

公牛　ȵiu ∧ ku ∟

母牛　ȵiu ∧ p'o ⌐

黃牛　voŋ ∧ ȵin ⌐

牛鬥角　ȵiu ∧ tɤ ∨ kok ∟

公豬　tɕie ⌐ ku ∟

母豬　tɕie ⌐ p'o ∧

羊　ioŋ ∧

山羊　san ∟ ioŋ ∧

馬　mɑ ⌐

驢　lu ∧

騾　lei ∧

狗　kɤ ∟

母狗　kɤ ⌐ p'o ∟

獵狗　tiet ⌐ kɤ ∟

吠　p'oi ∨

貓　mio ∨

貓叫　mio ∨ tɕiɔ ∨

公鷄　kie ˥ kuŋ ˥

閹鷄　ɕien ˅ kie ˥

鷄冠　kie ˥ kuon ˥

鷄啼　kie ˥ tʼe ˄

母鷄　kie ˥ pʼo ˄

下蛋　saŋ ˥ tʼan ˅

抱蛋　pʼɔ ˅ tʼan ˅

未下蛋的小母鷄

　　kie ˥ luon ˅ tsɿ ˄

鴨子　at ˩ tsɿ ˄

鵝　　ŋo ˄

蛇　　sa ˄

蠶　　tsʼan ˄

蠶蛹　tsʼan ˄ iuŋ ˥

花生　fan ˥ tʼɤ ˅

　　　in ˩（花生仁）

繭　tsʼan ˄ pɔ ˥

蜜蜂　mit ˥ fuŋ ˥

螢　　tin ˥

蜂巢　fuŋ ˥ tsɔ ˄

蝴蝶　fu ˄ tʼiet ˥

毛蟲　mɔ ˄ tsʼuŋ ˩

蜻蜓　noŋ ˄ ɲie ˩

　　　tsɔ ˩

蟬　　ɲia ˄ ɲie ˩ tsɿ ˥

　　　˩

螢火蟲　ien ˄ fo ˥

　　　　tsʼuŋ ˩

蟋蟀　tsɔ ˥ kie ˥

蒼蠅　vu ˄ in ˩

蛆　sɿ ˄ tsʼuŋ ˩

蚊子　mun ˄ tsɿ ˩

叮　ŋɔ ˩

蜘蛛　tɕʼia ˄ lɔ ˥

蛾　ŋo ˄

螳螂　ŋai ˄ tsɿ ˥

螞蟻　ma ˥ ɲie ˥

蝸牛　va ˥ ɲiu ˄

蚯蚓　ho ˄ ɕion ˩

蜈蚣　ŋ ˄ kuŋ ˥ tsʼuŋ

　　　˄

蟾螂　von ˄ tsʼat ˥

壁虎　piak ˩ sa ˄

螞橫　ma ˄ von ˩

臭蟲　tɕʼiu ˅ tsʼuŋ ˄

蝨子　set ˩ pʼo ˄

跳蚤　tʼiɔ ˅ tsɔ ˩

蛀米蟲　tsu ˅ mi ˄

　　　　ts'uŋ ⌐

蛔蟲　sai ∧ ts'uŋ ⌐
蝗蟲　foŋ ∧ tsuŋ ⌐
冬眠　tuŋ ⌐ mien ∧
魚　ȵiu ∧
浮　fɤ ∧ sui ⌐
鱗　lin ∧
鰓　se ⌐
鰭　tɕ'i ∧
魚子　ȵiu ∧ tsl ⌐
鯉魚　li ∧ ȵiu ⌐
鯽魚　tɕiət ⌐ ȵiu ⌐
泥鰍　tɕ'iu ⌐ ȵiu ∧
鯊魚　sa ⌐ ȵiu ∧
鱷魚　ŋok ⌐ ȵiu ⌐
鯨魚　tɕin ⌐ ȵiu ⌐
金魚　tɕin ⌐ ȵiu ⌐
蝦　ha ∧ kuŋ ⌐
螃蟹　p'oŋ ∨ k'ai ⌐
田螺　t'ien ∧ lo ⌐
海參　hai ∧ sen ⌐
乾貝　kon ⌐ pei ∨
青跬　tɕ'in ⌐ ke ⌐
癩蛤蟆　lai ∨ ha ∧ ma ⌐

蝌蚪　ha ∧ ma ⌐ ȵien ⌐
　　　tsl ∧
烏龜　vu ⌐ kui ⌐
甲魚　tɕiet ⌐ ȵiu ∧
烏賊　met ⌐ ȵiu ⌐
蛙　t'ien ∧ kie ⌐
捉　tsok ⌐
打獵　ta ∧ tiet ⌐
射　sa ∨
放牛　ȵiaŋ ∨ ȵiu ∧
趕豬　tiet ⌐ tɕie ⌐
騎馬　tɕ'ie ∧ ma ⌐
魚竿　ȵiu ∧ kuon ⌐
摸魚　tsok ⌐ ȵiu ∧
剪翅膀　tɕien ⌐ it ⌐
　　　p'oŋ ⌐
閹　tɕiot ⌐
蚊香　mun ∧ ɕioŋ ⌐
魚網　ȵiu ∧ moŋ ⌐

(三) 植　物

種子　tsuŋ ∧ tsl ⌐
苗　mio ∧
芽　fat ⌐ ŋa ∧

發芽　fat ⌐ ŋa ∧

梗　kaŋ ⌐

樹林　su ∨ lin ∧

樹枝　su ∨ tsʅ ⌐

葉　iet ⌐

花苞　fa ⌐ pɔ ⌐

花瓣　fa ⌐ p'an ∨

蒂　t'i ∨

萼　ŋok ∨

落花　lok ⌐ fa ⌐

鬚　ɕiu ⌐

芳　net ⌐

生　saŋ ⌐

熟　suk ⌐

茂盛　mɔ ∨ sin ∨（
　　　tɕiaŋ ⌐）

殼　k'ok ⌐

果皮　ko ⌐ p'i ∧

核　vut ⌐

豆子　t'ɤ ∨ tsʅ ∧

豆莢　t'ɤ ∨ tɕiet ⌐

瓜　ka ⌐

囊　noŋ ∧

謝　tɕ'ia ∨

枯　k'u ⌐

仁　in ∧

竹　tsuk ⌐

竹筍　tsuk ⌐ sun ⌐

竹篾　tsuk ⌐ miet ⌐

竹竿　tsuk ⌐ kɔ ⌐

柳條　liu ⌐ t'io ∧

松樹　ts'uŋ ∧ su ∨

樟腦　tsoŋ ⌐ nɔ ⌐

梧桐　ŋ ∧ t'uŋ ⌐

鳳凰樹　fuŋ ∨ foŋ ∧ su
　　　　　∨

藤　t'en ∧

梅　mei ∧

杏花　hen ∨ fa ⌐

蓮花　lien ∧ fa ⌐

玫瑰花　ȵiot ⌐ tɕi ∨
　　　　fa ⌐

菊花　tɕ'iuk ⌐ fa ⌐

茶花　ts'a ∧ fa ⌐

牡丹花　mɤ ⌐ tan ⌐ fa
　　　　⌐

芍藥花　sok ⌐ iok ⌐
　　　　fa ⌐

海棠　hoi ˩ t'oŋ ∧

芙蓉　fu ∧ iuŋ ∧

玉簪花　ȵiuk ˥ tsan ⌐ fa ⌐

蘭花　lan ∧ fa ⌐

車前草　ts'a ∧ ɕien ⌐ ts'ɔ ˩

艾　ŋai ∨

茅草　mɔ ∧ ts'ɔ ˩

薄荷　p'ok ˥ ho ⌐

茴香　fei ∧ ɕioŋ ⌐

荳蔻　t'ɤ ∨ k'ɤ ∨

五穀　ŋ ∧ kuk ˩

秧　ioŋ ⌐

稻　vo ∧ （禾）

稻谷　vo ∧ kuk ˩ （禾穀·）

穗　vo ∧ ts'uon ∨ （禾串）

糯米　no ∨ mi ⌐

粳米　kaŋ ⌐ mi ⌐

糠　hoŋ ⌐

礱糠　luŋ ∧ hoŋ ⌐

麥子　mak ˥ tsʅ ˩

粟　ɕiuk ˩

高梁　kɔi ⌐ tioŋ ∧

玉米　pɔ ⌐ ɕiuk ˩

麻　ma ∧

蔬菜　su ∧ ts'ue ∨

蕃藷　fan ∧ ɕie ⌐

馬鈴藷　ma ∧ lin ⌐ ɕie ⌐

芋頭　iu ∨ tsʅ ∧

葛　kuot ˩

蓮藕　lien ∧ ŋɤ ⌐

白菜　p'ak ˥ ts'ue ∨

莧菜　ɕien ∨ ts'ue ∨

甕菜　vuŋ ∨ ts'ue ∨

芥菜　ke ∨ ts'ue ∨

南瓜　fan ∧ p'u ⌐

冬瓜　tuŋ ⌐ ka ⌐

黃瓜　voŋ ∧ ka ⌐

絲瓜　luon ∨ sʅ ⌐

苦瓜　fu ∧ ka ⌐

蘿蔔　ts'ue ∨ t'ɤ ∧

茄子　tɕ'io ∧ tsʅ ⌐

番茄　fan ∧ tɕ'io ⌐

豆仁　t'ɤ ∨ in ∧

蠶豆	ts'ɑn ∧ t'ɤ ∨	香蕉	ɕioŋ ㄱ tɕiat ㄱ
豆芽	t'ɤ ∨ ŋɑ ∧	荔枝	li ∨ tsʅ ∧
花生	fɑn ∧ t'ɤ ∨	西瓜	ɕiot ⊣ kɑ ㄱ
冬菇	tuŋ ㄱ ku ㄱ	檳榔	pin ㄱ noŋ ∧
蕹菜	tɕiu ∧ ts'ue ∨	石榴	sɑk ㄱ liu ⊥
芹菜	tɕ'in ∧ ts'ue ∨	佛手	fut ㄱ ɕiu ⊥
葱	ts'uŋ ㄱ	除草	ts'u ∧ ts'ɔ ⊥
蒜	suon ∨ tsʅ ∧	犂	lei ∧
辣椒	lɑt ㄱ tɕiɔ ㄱ	耙	p'ɑ ∧
薑	tɕioŋ ㄱ	田脣	t'ien ∧ ɕin ∧
子薑	tsʅ ∧ tɕioŋ ㄱ	摘	tsɑk ⊣
宿薑	ɕiuk ⊣ tɕioŋ ㄱ	打穀	p'ɑn ∧ kuk ⊣
蒿苣	mɑk ⊣ tsʅ ∧	簸箕	po ∨ tɕi ㄱ
水果	sui ∧ ko ⊥	礱穀	luŋ ∧ kuk ⊣
楊桃	ioŋ ∧ t'ɔ ㄱ	舂	ts'uŋ ㄱ mi ⊥
梨	li ∧	石磨	mo ∨ sɑk ㄱ
雪梨	ɕiot ⊣ li ∧	菜園	ts'ue ∨ ion ⊥
柑	kuon ㄱ		
李子	ti ㄱ tsʅ ⊣		
葡萄	p'u ∧ t'ɔ ㄱ	**(四) 飲 食**	
枇杷	p'i ∧ pɑ ㄱ	早餐	tsɔ ∧ fɑn ∨
棗子	tsɔ ∧ tsʅ ∧	午餐	ɑn ∨ fɑn ∨
栗子	ti ㄱ tsʅ ⊥	晚飯	iɑ ∨ fɑn ∨
山楂	sɑn ㄱ tsɑ ㄱ	飲茶	ɕit ㄱ ts'ɑ ⊥
		米飯	mi ⊥ fɑn ∨

稀飯　ɕi˥ fan˩

粥　tsuk˦

鍋巴　ko˨ pa˥

米粉　fən˥ kuon˥

葷菜　k'un˥ ts'ue˩

素菜　su˩ ts'ue˩

湯　t'oŋ˥

羹　kaŋ˥

肥肉　fei˨ ȵiuk˦

瘦肉　tsɕiaŋ˨ ȵiuk˦

豬腳　tɕie˥ tɕiok˦

火腿　fo˨ t'ue˩

豬俐　tɕie˥ li˩

豬心　tɕie˥ ɕin˥

豬肝　tɕie˥ kuon˥

牛尾　ȵiu˨ mei˥

香腸　ien˨ ts'oŋ˨

牛肉　ȵiu˨ ȵiuk˦

臘鴨　lat˥ at˦

雞蛋　kie˥ t'an˩

腎　iɔ˥ tsɿ˥

海鮮　hoi˩ ɕioŋ˥

魚肚　ȵiu˨ tu˩

鹹魚　han˨ ȵiu˥

燕窩　ien˩ vo˥

豆腐　t'ɤ˩ fu˩

木耳　muk˦ iɤ˩

春捲　ts'un˥ tɕion˩

粽子　tsuŋ˩ tsɿ˨

糕　kɔ˥

餅　piaŋ˩

麥牙糖　mak˥ ŋa˩
　　　　t'oŋ˨

年糕　mi˨ ko˩

麻油　ma˨ iu˥

塩　ien˨

醋　ts'u˩

冰糖　pin˥ t'oŋ˨

豆豉　t'ɤ˩ tsɿ˩

香料　ɕioŋ˥ liɔ˩

芥末　ke˩ mat˥

花椒　fa˥ tɕiɔ˥

八角　pat˦ kok˦

開水　k'oi˥ sui˩

酒　tɕiu˩

糟　tsɔ˥

牛乳　ȵiu˨ nen˩

燒飯　tso˩ fan˩

洗米　ɕie˥ mi˩

切　tɕ'iet˥

割　kuot˥

剁　tuo˅

斬　tsan˩

劈材刀　p'iak˥ ts'ai
　　　　ɔ˥ tɔ˥

木炭　muk˥ t'an˅

蔭炭　fo˥ sɿ˩

起火　tɕ'i˥ fo˩

風箱　fuŋ˥ ɕioŋ˥

灶　tsɔ˅

火爐　fo˥ lu˩

火鉗　t'iet˥ tɕ'ien˩

鑊　vok˥

醢　ien˥

漏勺　lɤ˅ sok˥

煮　tɕie˩

熬　ŋɔ˥

煮沸　tɕie˥ kun˩

炒　ts'ɔ˩

烙　lok˥

煎　tɕien˥

炸　tsa˅

蒸　tɕin˥

燉　tun˥

烤　k'ɔ˩

煨　voi˥

烘　fuŋ˅

燙　t'oŋ˅

滷　lu˥

薰　ɕiun˥

飯勺　fan˅ sok˥

碗　uon˩

筷子　k'e˅ tsɿ˥

夾菜　tɕien˥ ts'ue˅

勺子　sok˥ tsɿ˥

叉子　ts'at˥ tsɿ˥

罐子　kuon˅ tsɿ˥

鉢子　puot˥ tsɿ˥

缸　koŋ˥

水瓢　p'u˥ sok˥

塞子　set˥ tsɿ˥

泡茶　p'ɔ˅ ts'a˥

藥材　iok˥ ts'oi˥

人參　ȵin˥ sen˥

當歸　toŋ˥ kui˥

鹿茸　luk˥ iuŋ˩

枸杞　kɤʌ　tɕiʌ⌐

(五) 服　飾

布　pu∨

綢　tɕ'iuʌ

緞　t'uon∨

紗　sa⌐

絹　tɕion∨

紡車　foŋ」ts'a⌐

織布　tɕit」pu∨

梭　so⌐

剪　tɕien」

縫　tion∧

補　pu」

針眼　tɕin⌐ ŋaŋ」

線　ɕien∨

打結　taʌ tɕiet」

洗衣服　ɕie⌐ san⌐
　　　fu∨

擦地板　ts'at」t'iˇ∨
　　　pan」

縮水　suk」sui」

褪色　t'uiˇ∨ set」

染　nien」

晾衣服　lioŋ∨ san⌐
　　　fu∨

晒　sai∨

熨斗　iut」tɤ」

刷　suot」

織網　tɕiat」moŋ」

皮革　p'iʌ ket」

脫　t'uot」

棉襖　mienʌ ɔ」

背心　poi∨ ɕin⌐

旗袍　tɕ'iʌ p'a」

腰帶　fu∨ tai∨

扣子　k'ɤ∨ tsɿʌ

鞋　haiʌ

靴子　ɕia⌐ tsɿ」

襪子　mat」tsɿʌ

木屐　muk」tɕ'iak⌐
　　　tsɿʌ

簪　tsan⌐

笠　tit」p'oʌ

蓑衣　so⌐ iˇ⌐

(六) 人　體

身體　vunʌ ɕin⌐

痣　tsɿ ＼	唾液　fu ＼ lɑn ﹁ sui ⌐
骨　kut ⌐	痰　t'an ＼
髓　sui ⌐	牙　ŋa ＼
筋　tɕin ﹁	手指頭　ɕiu ＼ tsɿ ＼
肉　ȵiok ⌐	kuŋ ﹁
膏　kɔ ﹁	指甲　tsɿ ⌐ kat ⌐
血　ɕiot ⌐	小指　su ﹁ tsɿ ＼ mei
膿　nuŋ ＼	＼
頭頂　nɔ ﹁ koi ∨	手紋　ɕiu ⌐ luo ⌐
頭髮　t'ɤ ＼ fat ⌐	拳頭　tɕ'ion ＼ t'ɤ ﹁
頭髮單旋　tan ﹁ tɕ'ion ∨	奶　ȵen ﹁ ku ﹁ tsɿ ＼
禿頭　t'ut ⌐ t'ɤ ＼	五臟　ŋ ＼ ts'oŋ ∨
前額　ȵiak ﹁ t'ɤ ＼	肺　fei ∨
臉　mien ∨	肚臍　t'u ∨ tɕ'i ﹁
眉毛　mi ＼ cm ﹁	鬍鬚　fu ＼ ɕiu ﹁
眼睛　ŋan ＼ tsu ﹁	下顎　ha ∨ ŋoŋ ∨
雙眼皮　suŋ ﹁ ŋan ⌐	脖子　tɕiaŋ ＼ ken ﹁
p'i ＼	喉嚨　hɤ ＼ luŋ ﹁
鼻子　p'i ∨ kuŋ ﹁	肩膀　tɕien ﹁ t'ɤ ⌐
鼻涕　sen ∨ p'i ∨	下腋　ɕiu ＼ tɕ'iat ⌐
嘴　tsoi ∨	ha ﹁
口　k'ɤ ⌐	手　ɕiu ⌐
嘴唇　tsoi ∨ ɕin ＼	手背　ɕiu ⌐ poi ∨
舌頭　ɕiet ﹁ t'ɤ ⌐	手掌　ɕiu ⌐ pa ﹁

　　　　tsoŋ˩

胆　tan˩

膀胱　p'oŋ˄ koŋ˥

腸　ts'oŋ˄

盲腸　moŋ˄ ts'oŋ˥

屁股　tsɤ˥ vut˩

屎屎　sʅ˩ ˩nio˅

拉尿　o˥ sʅ˩

放屁　ta˄ p'i˅

男性生殖器　luon˄ t'ɤ˩

女性生殖器　piet˩

生子　tɕiuŋ˥

膝蓋　tɕ'it˩ t'ɤ˄

脚　tɕiok˩

脚跟　tɕiok˩ tsaŋ˄

脚趾頭　tɕiok˩ tsʅ˄
　　　　kuŋ˥

肛門　sʅ˄ vut˩ ŋan˩

眨眼　tsat˩ ŋan˩

瞪眼　tan˅ ŋan˩

聽　t'in˥

擧手　tɕiu˩ ɕiə˩

伸手　ɕin˥ ɕiə˩

拍手　p'ok˩ ɕiə˩

握手　vot˩ ɕiu˩

拈　ȵien˥

抓　tsa˥

扛　koŋ˥

搬　puon˥

推　t'ue˥

聞　ɕiu˅

吃　ɕia˥

喝　huot˩

咬　ŋɔ˥

嚐　son˄

含　han˄

吞　t'un˥

吹　ts'ui˥

挑　k'ai˥

招手　iak˥ ɕiə˩

拔　p'at˥

抽　tɕ'iu˥

剝　pok˩

摑　piak˥

敲　k'ok˥

摳（鼻垢）　k'o˥

掏　t'ɔ˥

扶　p'u˩

搂　lㄚ ˩

抱　p'ɔ ˅

撐　ts'aŋ ˥

捲　tɕion ˩

綑　k'un ˩

踏　t'a ˅

踢　t'it ˩

涉水　ɕit ˥ sui ˩

坐下　ts'o ˅ ha ˅

蹲　tun ˥

作揖　tsok ˩ it ˩

企起來　tɕ'ie ˅ hoŋ ˥ loi ˩

跌　tiet ˩

跳　t'ɔi ˅

躲　piaŋ ˅

洗臉　ɕie ˥ mien ˅

洗脚　ɕie ˥ tɕiok ˩

肥皂　i ∧ tsʅ ˥

梳子　su ˥ tsʅ ∧

(七)　親　　屬

祖先　tsu ∧ ɕien ˥

親戚　tɕ'in ˥ tɕ'it ˩

親家　tɕ'in ˥ ka ˥

長輩　tsoŋ ˩ pei ˅

祖父　a ˥ kuŋ ˥ tuŋ ˥

奶奶　ne ∧ ne ˥ （祖母）

舅祖父　tɕ'iu ˥ kuŋ ˥ t'ai ˅

舅祖母　tɕ'iu ˥ p'o ∧ t'ai ˅

伯祖父　t'ai ˅ kuŋ ˥ kuŋ ∧

叔祖父　ȵie ˅ kuŋ ˥ kuŋ ∧

父子　ia ∧ tsʅ ˩

母女　ȵion ∧ ȵie ˩

爸爸　pa ˥ pa ∧ ，ta ˥ ta ∧

媽媽　m ∧ ma ˥

公公　ka ˥ kuon ˥

婆婆　ka ˥ p'o ∧

伯父　pak ˩ pak ˩

伯母　ue ˅ ue ∧

叔父　suk ˩ suk ˩

嬸母　mo ˥ mo ∧

姑父　ku ˥ ia ˩

姆母　ku「 ku∧

外公　ŋoi∨ kuŋ「

外婆　ŋoi∨ p'o∧

岳父　ts'oŋ「 ȵin∟　t'a∨

岳母　ts'oŋ「 ȵin∟　ue「

舅父　tɕ'iu「 kuŋ「

舅母　tɕ'iu「 p'o∧

姨父　i∧ ta「

姨母　i∧ ue「

丈夫　lɔ⌐∧ kuŋ「

妻子　lɔ⌐「 p'o∧

哥哥　ko「 ko∧

嫂子　sɔ「 sɔ「

弟弟　lɔ⌐∧ t'ie「

姊姊　tɕie「 tɕiɐ∧

姊夫　tɕiɐ∧ ts'oŋ「

妹妹　lɔ⌐∧ moi∨

妹夫　moi∨ loŋ∧

大伯子　t'ai∨ loŋ∧

小叔子　ɕio∧ ciɐ∧ loŋ∟

妻姊　i∧ ue「 tsɿ∧

兒子　lai∨ tsɿ∧

女兒　moi∨ ȵie「
　　　tsɿ∟

媳婦　ɕin「 pu⌐

女婿　ȵie∧ ɕie∟

姪子　tɕ'it「

姪女　tɕ'it「 ȵie∟

外甥　ŋoi∨ saŋ「

外甥女　ŋoi∨ saŋ「
　　　ȵie∟

孫子　sun「 tsɿ⌐

孫女　ȵie∧ sun「

家人　vuk⌐ k'a∧ ȵin
　　　∟

(八) 時　　間

時候　sɿ∧ hɤ∨

四季　sɿ∨ tɕi∨

春天　ts'un「 t'ien「

夏天　ha∨ t'ien「

秋天　tɕ'iu「 t'ien「

冬天　tuŋ「 t'ien「

立春　lit「 ts'un「

雨水　iu∧ sui∟

驚蟄　tɕiaŋ「 tɕ'it「

春分	ts'un˥ fən˥	寒露	huon˩ lu˅
清明	tɕ'in˥ min˩	去年	tɕ'iu˅ n̹ien˩
霜降	soŋ˥ koŋ˅	前年	tɕ'ien˩ n̹ien˥
立冬	lit˥ tuŋ˥	年初	n̹ien˩ ts'u˥
小雪	ɕia˩ ɕiot˧	天干	t'ien˥ kuon˥
大雪	t'ai˅ ɕiot˧	甲	ket˧
冬至	tuŋ˥ tsɿ˅	乙	iet˧
小寒	ɕiə˧ huon˩	丙	pin˧
大寒	t'ai˅ huon˩	丁	tin˥
閏	iun˅ n̹ien˩	戊	vu˅
今年	tɕin˥ n̹ien˩	己	tɕi˧
明年	maŋ˩ n̹ien˥	庚	ken˥
後年	hɤ˩ n̹ien˩	辛	ɕin˥
穀雨	kuk˧ iu˧	壬	in˩
立夏	lit˥ ha˅	癸	kui˅
小滿	ɕia˩ man˧	地支	t'i˅ tsɿ˥
芒種	moŋ˩ tsuŋ˧	子	tsɿ˧
夏至	ha˅ tsɿ˅	丑	tɕ'iu˧
小暑	ɕia˩ su˧	寅	in˩
大暑	t'ai˅ su˧	卯	cm˧
立秋	lit˥ tɕ'in˥	辰	ɕin˩
處暑	ts'u˧ su˧	巳	sɿ˅
白露	p'et˥ lu˅	午	ŋ̩˧
秋分	tɕ'iu˥ fən˥	未	vei˅

申　ɕin ˥

酉　iu ˧

戌　ɕiut ˩

亥　hue ˅

月　ȵiot ˥

正月　tsaŋ ˥ ȵiot ˥

臘月　lat ˥ ȵiot ˥

閏月　iun ˅ ȵiot ˥

這個月　ti ˩ kei ˥
　　　　ȵiot ˥

上個月　soŋ ˅ kei ˥
　　　　ȵiot ˥

下個月　ha ˅ ke ˥
　　　　ȵiot ˥

月初　ȵiot ˥ tsʻu ˥

月中　ȵiot ˥ tsuŋ ˥

月底　ȵiot ˥ ti ˩

初一　tsʻu ˥ it ˩

十五　ɕit ˥ ŋ ˩

天　tʻien ˥

今天　tɕin ˥ tsɔ ˥

明天　miaŋ ˧ tsɔ ˥

後天　hɤ ˧ ȵit ˩

大後天　tʻai ˥ hɤ ˧

ȵit ˩

昨天　tso ˧ ȵit ˩

前天　tɕʻien ˧ ȵit ˩

大前天　tʻai ˅ tɕʻien

˧ ȵit ˩

白天　ȵit ˩ ɕin ˩

夜間　ia ˅ pu ˥

整天　tue ˥ kuŋ ˥

早晨　tsɔ ˧ ɕin ˩

中午　an ˅ tɕiu ˅

下午　ha ˥ tɕiu ˅

晚上　ia ˅ pu ˥

半夜　pan ˅ ia ˅

上夜　soŋ ˅ pan ˅ ia ˅

下夜　ha ˅ pan ˅ ia ˅

寒天　huon ˧ tʻien ˥

熱天　ȵiet ˥ tʻien ˥

年初一　ȵien ˧ tsʻu ˩ it ˩

年三十　ȵien ˧ san ˥

ɕit ˥

過年　ko ˅ ȵien ˧

五月節　ŋ ˧ ȵiot ˥

tɕiet ˩

八月半　pat ˩ ȵiot ˥

　　　　　　　puon ⊣

八月節　pat ⊣ n̠iot ㄱ

　　　　　　　tɕiet ⊣

中秋節　tsuŋ ㄱ tɕ'iu ⊣

　　　　　　　tɕiet ⊣

重陽節　ts'uŋ ⋀ ioŋ ⌐

　　　　　　　tɕiet ⊣

九月節　tɕiu ⌐ n̠iot ㄱ

　　　　　　　tɕiet ⊣

冬節　tuŋ ㄱ tɕiet ⊣

立年駕　lit ㄱ n̠ien ⋀

　　　　　　　ka ⋁

出年駕　ts'ut ⊣ n̠ien ⋀

　　　　　　　ka ⋁

交春　kɔ ㄱ ts'un ㄱ

入伏　n̠it ㄱ fuk ㄱ

出伏　ts'ut ⊣ fuk ㄱ

中伏　tsuŋ ⋀ fuk ㄱ

末伏　mat ㄱ fuk ㄱ

㈨ 空　間

地方　t'i ⋁ foŋ ㄱ

這兒　ti ⌐ pien ㄱ

在　ts'ai ⋁

前面　mien ⋁ tɕ'ien ⌐

後面　poi ㄱ hʊ ⋁

裡面　loi ⋁ li ⋀

上面　soŋ ⋁ kɔ ㄱ

下面　ha ㄱ kɔ ㄱ

中間　tsuŋ ㄱ kan ㄱ

旁邊　p'oŋ ⋀ pien ㄱ

兩旁　tioŋ ㄱ pien ㄱ

隔壁　kak ⊣ piak ⊣

附近　fu ⋁ tɕ'iun ⋁

對面　tui ⋁ mien ⋁

東　tuŋ ㄱ

西　ɕi ㄱ

南　nan ⋀

北　pet ⊣

左　tso ⌐

右　iu ⋁

家裡　vuk ⊣ k'a ⋀

遠　ion ⌐

近　tɕ'iun ⋁

㈩ 數　量

所有　it ⊣ ha ⋁

很久　man ⋀ tɕiu ⌐

整個　tue˥ ha˩

一半　it˨ puon˩

一個半　it˨ kei˨ puon˩

一倍　it˨ p'ei˩

成　ɕin˧

數　su˩

算　son˩

加　ka˧

減　kan˨

乘　tɕ'in˧

除　ts'u˧

一　it˨

二　n̠i˩

三　san˥

四　sɤ˩

五　n̠˨

六　tiuk˨

七　tɕ'it˨

八　pat˨

九　tɕiu˨

十　ɕit˥

零　lin˧

廿　n̠i˩ ɕit˥

卅　san˥ ɕit˥

四十　sɿ˩ ɕit˥

一百　it˨ pak˨

一百零一　it˨ pak˨ lin˧ it˨

一千　it˨ tɕ'ien˥

一萬　it˨ van˩

十多個　ɕit˥ ko˥ kei˩

成百　saŋ˧ pak˨

頭一個　t'ɤ˧ it˨ kei˥

最後一個　tsui˩ mei˧

冠軍　kuon˥ tɕiun˥

亞軍　a˩ tɕiun˥

季軍　tɕi˩ tɕiun˥

殿軍　t'ien˩ tɕiun˥

號數　hɔ˩ su˩

減少　kan˨ sɔ˨

一把　it˨ pa˨

一個人　it˨ kei˩ n̠in˧

一部車　it˨ p'u˩ ts'a˥

一張刀　it ˩ tsoŋ ˥
　　　　to ˥

一支筆　it ˩ tsๅ ˥
　　　　pit ˩

一隻牛　it ˩ tsak ˩
　　　　n̦iu ˥

一隻鷄　it ˩ tsak ˩
　　　　kie ˥

(十二)　代名詞、不定詞

我　ŋai ˥

你　n̦i ˥

他　ku ˥

我們　ŋai ˥ pan ˥

你們　n̦i ˥ pan ˥

他們　ku ˥ pan ˥

大家　t'ai ˥ ka ˥

自己　ts'ๅ ˥ ka ˥

人家　n̦in ˥ k'a ˥

別人　p'iet ˥ n̦in ˥

兩個人　tioŋ ˥ kei ˥
　　　　n̦in ˥

互相幫忙　fu ˥ ɕioŋ ˥
　　　　poŋ ˥ moŋ ˥

各自　kok ˩ ts'ๅ ˥

我的　ŋai ˥ kei ˥

你的　n̦i ˥ kei ˥

他的　ku ˥ kei ˥

我們的　ŋai ˥ pan ˥
　　　　kei ˥

你們的　n̦i ˥ pan ˥
　　　　kei ˥

他們的　ku ˥ pan ˥
　　　　kei ˥

這個　ti ˩ kei ˥

那個　ke ˩ kei ˥

這些　ti ˩ to ˥ tsๅ ˩

那些　ke ˩ to ˥ tsๅ ˩

這邊　ti ˩ pien ˥

那邊　ke ˩ pien ˥

這麼做　ti ˩ pan ˥
　　　　tso ˥

那麼做　ke ˩ pan ˥
　　　　tso ˥

誰　ŋe ˩ kei ˥

什麼　tso ˥ mei ˥

哪個　ne ˩ kei ˥

哪兒　ne ˩ to ˥ tsๅ ˩

什麼時候	n̩ ∧ tɕi ┐		正好	tɕin ∨ hɔ ┐
	sʅ └ ∧ hɤ ∨		只	tsʅ ┐
怎麼做	ioŋ ∨ puon ┐		光	koŋ ┐
	tso ∨		一共	it └ tɕ'iuŋ ∨
爲什麼	ioŋ ∨ puon ┐		大約	t'ai ∨ iok └
多久	tɕi ┐ tɕiu └		索性	sok └ ɕin ∨
	tɕ'iu ┐		現在	ɕien ∨ ts'ai ∨
一些	it └ tien └		將來	tɕioŋ ┐ loi ∧
	tsʅ ∧		永遠	iun └ ion └
事情	sʅ ∨ tɕ'in ∧		後來	hɤ ∨ loi ∧
緣故	ion ∧ ku ∨		先	ɕien ┐
原因	ion ∧ in ┐		預先	kak └ ɕien ┐
法子	fat └ tsʅ ∧		趁早	kuon └ tsɔ └
情況	tɕ'in ∧ k'oŋ ∨		馬上	ma ∧ soŋ ∨
環境	fan ∧ tɕin ∨		就	tɕ'iu ∨
單獨	tan ┐ t'uk ┐		隨時	sui ∧ sʅ ∧

(士) 副 詞

			常常	soŋ ∧ soŋ ┐
也	ia ∧		輪流	lun ∧ liu ∧
又	iu ∨		偶然	ŋɤ └ ien ∧
全	tɕ'ion ∧ ha ∨		從來不	ts'uŋ loi ∧
統統	t'uŋ ┐ t'uŋ ┐			n ∧ ts'en ┐
再	tsai ∨		一直	it └ tɕ'it ┐
另外	lin ∨ vai ∨		已經	i └ tɕin ┐
			當初	toŋ ┐ ts'u ┐

最近　tsui ∨ tɕʼiun ∨

剛才　tɕioŋ ˥ tɕʼioŋ ˥

從前　tsʼuŋ ∧ tɕʼien ∧

從小　tsʼuŋ ∧ ɕia ˩

仍舊　in ∧ tɕʼin ∨

忽然　fet ˥ ien ˩

的確　tit ˧ kʼok ˧

也許　ia ∧ ɕiu ˩

大概　tʼai ∨ kʼoi ∨

恐怕　kʼiuŋ ˩ pʼa ∨

故意　ku ∨ i ∨

順便　sun ∨ pʼien ∨

亂　luon ∨

當面　toŋ ˥ mien ∨

好像　hɔ ˩ tɕʼioŋ ∨

程度　tɕʼin ∧ tʼu ∨

更　ken ∨

最　tsui ∨

太　tʼai ∨

十分　ɕit ˥ fən ˥

相當　ɕioŋ ˥ toŋ ˥

盡量　tɕʼin ∨ lioŋ ∨

果然　ko ˩ ien ∧

其實　tɕʼi ∧ ɕia ˥

結果　tɕiet ˧ ko ˩

反正　fan ˩ tɕin ∨

姑且　ku ˥ tɕʼia ˩

㈬ 否　定

不好　m̩ ∧ hɔ ˩

沒有　mo ∧ ɕiu ˥

還沒來　ŋ̩ ∧ tsʼen ˥ lai ∧

不要去　ɳ̩ci ∧ ci ∨ tɕʼu ∨

看不見　kʼuon ∨ m̩ ˩ tɕ ∧

進不去　tɕin ∨ ŋ̩ ∧ tɕʼui ∨

㈭ 時　態

他在吃着飯　ku ˥ tet ˥ kei ˥ ɕia ˥ vɛn ∧ fan ∨

你有沒有叫他來　ŋi ∧ iɛt ˥ mo ∧ han ∨ ku ˥ loi ∧

拿 著　ȵien˥ tɔ˅

他哭起來了　ku˥ tɕi˥ i˒˒ɑt˩ tɕiɑt˅ tɕʰi˩ loi˥ li˥

我們做下去　ŋui˒˒ɑt˅ pan˥ tso˅ ha˅ tɕʰiu˅

他一吃就吐　ku˥ it˩ ɕit˥ i˒˒ɑt˥ tɕʰiu˅ tʰu˅

他病好了，吃飯了　ku˥ pʰiaŋ˅ cɔ˩ li˥，
　　　　　　　　　ɕit˥ fan˅ li˥

吃完這晚飯　ɕit˥ uon˥ ti˩ uon˩ fan˅ loi˥

五個蘋果吃了兩個　ŋ̍˅ kei˩ pʰin˥ ko˩ ɕit˥
　　　　　　　　　tiɔ˅ tioŋ˥ kei˅

(圭) 介 詞

我的書　ŋai˥ kei˥ su˥

你比他高　ȵi˥ pi˩ ku˥ kɔ˥

你跟他一樣高　ȵi˥ ten˥ ku˥ it˥ ioŋ˅ kɔ˥

他跟得快　ku˥ pʰɔ˥ tet˥ ke˅

我走累了　ŋai˥ tsɤ˥ i˒˒ɑi˅ tɕit˥

他給哥哥打了　ku˥ tʰɔ˩ ko˥ ko˥ ta˩ li˥

給他做　tʰe˅ ku˥ tso˅

論斤賣　lun˅ tɕin˥ me˅

(去) 連 詞

我來的時候　ŋai˥ loi˥ kei˅ sɿ˥ xɤ˅

我來以前　ŋai˥ loi˥ i˥ tɕʰien˥

我來了以後　ŋai ˥ loi ˩ i ˥ hɤ ˥

到我來爲止　to ˥ ŋo ˥ loi ˩ vei ˩ tsๅ ˩

他臨走　ku ˥ lin ˩ tsɤ ˩

趁熱吃　kuon ˥ ȵiet ˥ ɕit ˥

就是　tɕ'iu ˥ sๅ ˥

假如　ka ˩ iu ˩

除非　ts'u ˩ fei ˥

雖然　sui ˥ ien ˩

固然　ku ˥ ien ˩

但是　t'an ˥ hei ˥

不過　put ˩ ko ˥

連他也不想去　lien ˩ ku ˥ tu ˥ ŋ̍ ˩ ɕioŋ ˩ ɕiu ˥

他一邊走一邊吃　ku ˥ it ˩ pien ˥ tsɤ ˩ it ˩
　　　　　　　　pien ˥ ɕit ˥

一來太貴，二來太大　it ˩ loi ˩ t'ai ˥ kui ˥ ，
　　　　　　　　ȵi ˥ loi ˩ t'ai ˥ t'ai ˥

不但……而且　put ˩ t'an ˥ ………… ๅ ɤ ˩ tɕ'ia ˩

或是………或是　fet ˥ sๅ ˥ ……… fet ˥ sๅ ˥

他越大越聰明　ku ˥ iot ˥ t'ai ˥ iot ˥ ts'uŋ ˩
　　　　　　　min ˩

㈦ 句　式

什麼時候了？　ŋ̍ ˩ tɕi ˥ ts'oŋ ˩ kan ˥ ɕiu ˥

我和他都是湖南人　ŋai ˩ ten ˩ ku ˥ tu ˥ hei ˥

fu ⊥ nan ˥ ȵin ⊥

茶杯被他打破了　ts'a ∧ pei ˥ t'ɔ ⊥ ku ˥ ta ∧
lan ∨ liɔ ∧

從那兒來？　ts'uŋ ∧ ŋe ⊥ to ˥ tsɿ ⊣ loi ⊥

這事情怎麼辦？　ti ⊥ ke ˥ sɿ ⊥ ȵioŋ ∨ pan ∧
vu ⊥

你到哪兒去？　ȵi ∧ t'ɔ ∨ ŋe ⊥ to ˥ tsɿ ⊣ tɕ'iu
∨

我上街去　ŋai ∧ soŋ ∨ ke ˥

這個大，那個小，兩個那一個好一點？

ti ⊥ kei ˥ t'ai ∨ , ke ⊥ kei ˥ ɕie ∨ , tioŋ ∧
kei ∨ ŋe ⊥ kei ˥ hɔ ⊥ tien ˥ tsɿ ⊣

這個比那個好　ti ⊥ ke ˥ pi ⊥ ke ⊥ kei ˥ hɔ ⊥

這個房子不如那個房子好

ti ⊥ to ˥ tsɿ ⊣ kei ˥ foŋ ∧ tsɿ ˥ put ⊣ iu ∧
ke ⊥ to ˥ tsɿ ⊣ kei ˥ hɔ ⊥

不是那麼做，要這麼做　n ∧ hei ∨ ke ⊥ pan ˥ ts ∨
, iɔ ⊥ ti ∨ pan ˥ tso ∨

他今年多大歲數？　ku ˥ tɕin ˥ ȵien ∧ tɔ ⊥ t'ai ⊥ to ∧
soi ∨ su ∧

大概有三十來歲罷　t'ai ∨ k'oi ∨ iu ∧ san ∧ ɕit
˥ to ˥ soi ∨

這個東西有多重？　ti ⊥ kei ˥ tuŋ ˥ ɕi ⊥ iu ⊥
to ˥ sɔ ⊥ ts'uŋ ∧

有五十斤重呢　iu ∧ ŋ̍ ∨ ɕit ˥ tɕin ˥ ts'uŋ ∨
　　　　　　　ŋo ˥

拿得動嗎？　n̦ien ˩ tet ˩ t'uŋ ∧ mo ∧

我拿得動，他拿不動　ŋai ∧ n̦ien ∨ tet ˩ t'uŋ ∧，
　　　　　　　　　ku ˥ n̦ien ∨ ŋ̍ ∧ t'uŋ ∧

你說得很好　n̦i ∧ va ∨ tet ˩ man ∧ hɔ ˩

我嘴笨，我說不過他　ŋai ∧ tsoi ˥ pen ∨ no ∧，
　　　　　　　　　ŋai ∧ va ∨ kuŋ ˥ ko ∨

說了一遍，又說一遍　va ∨ liɔ ∧ it ˩ pien ∨，
　　　　　　　　　iu ∨ va ∨ ko ∨ it ˩ pien ∨

請你再說一遍　tɕ'in ˩ n̦i ∧ tsai ∨ va ∨ ko ∨
　　　　　　　it ˩ pien ∨

你先去吧，我們等一會兒再去　n̦i ∧ ɕien ˥ ɕiu ∨，
　　　　　　　ŋai ∧ pan ˥ ten ˩ it ˩ ha ∧ voi ∨ ɕiu ∨

坐著吃比站著吃好些　ts'o ∨ tɔ ∨ ɕia ∧ pi ˩
　　　　　　　tɕ'ie ∧ tɔ ∨ ɕia ∧ ko ∨ hɔ ˩

這個吃得，那個吃不得　ti ˩ kei ˥ ɕia ˥ tet ˩，
ke ˩ kei ˥ ɕia ˥ ŋ̍ ∧ tet ˩

他去過新竹，我沒有去過　ku ˥ ɕiu ∨ ko ∨ ɕin ˥ tsuk ˩，
　　　　　　　ŋai ˥ ŋ̍ ∨ ten ∧ tɕ'iu ∨

給我一本書　n̦ien ˥ it ˩ pen ˩ su ˥ tet ˩ ŋai ∧

這是他的書，那一本是他哥哥的　ti ˩ kei ˥ hei ∨ ku
˥ kei ∨ su ˥，ke ˩ it ˩ pun ˩ hei ∨ ku ˥
ko ∨ ko ∧ kei ˥

把那一本書給我　tɕioŋ ┐ ke ┘ su ┐ ȵien ┐ tet ┘
　　　　　　　　ŋiŋ ∧

好好兒走，不要跑　ho ┐ ho ┘ ho ∨ ch ┐ ch ┐ tsʅ ┘ tsɤ ┘ va ∧，
　　　　　　　　ȵ'o ∧ luon ∨ p'ɔ ∧

來聞聞這朵花香不香　loi ∧ ɕiu ∨ ha ∨ tsʅ ┐ ti ┘
　　　　　　　　　　tɕioia ┐ fa ┐ tɕɛi ┘ ɕioŋ ┐

香得很是不是？　man ∧ ɕioia ∧ ŋo ┐，hei ∨ n ∧
　　　　　　　　hei ∨

我非去不可　ŋai ∧ ŋ̇ ∧ ɕiu ∨ tsu ┘ tso ┘ m ∧
　　　　　　tet ┘

越走越遠，越說越多　iot ┐ tsɤ ┘ iot ┐ ion ┘，
　　　　　　　　　　iot ┐ va ∨ iot ┐ to ┐

你要什麼？　ȵi ┐ iɔ ∨ mei ∧

你們什麼時候回來　ȵi ┐ pan ┐ ŋ ┘ tɕɛi ┐ sʅ ∧ kan
　　　　　　　　　┐ fei ┘ loi ┘

他認識你　ku ┐ ȵin ∨ tet ┘ ȵi ∧ iɔ ┘

他不認識我　ku ┐ ȵin ∨ ŋai ∧ ŋ̇ ∧ iɔ ┘

到處都是垃圾　tɔ ∨ ts'u ∨ tu ┐ hei ∨ lat ┘
　　　　　　　sat ┘

他出不來　ku ┐ ts'ut ┘ ṁ ┘ loi ∧

二　韻　文

㈠　民　謠

(A) **月光光**　（ȵiot˥ koŋ˥ koŋ˥）

月　　光　　光　，秀　　　才
ȵiot˥ koŋ˥ koŋ˥ ，ɕiu˥ ts'oi˥

郎　。才　　郎　　跛　，割
loŋ˥ 。ts'oi˥ loŋ˥ poi˥ ，kuot˩

薤　　菜　，薤　　菜　　黃
tɕiu˥ ts'oi˥ ，tɕiu˥ ts'oi˥ voŋ˥ ，

好　　趕　　塘　。趕　個　　彎
hɔ˩ kuon˥ t'oŋ˥ 。kon˩ tsak˩ van˥

，走　　上　　山　。山　　無　　路
，tsɤ˥ soŋ˥ san˥ 。san˥ mɔ˥ lu˥ ，

，走　　上　　樹　。。
，tsɤ˥ soŋ˥ su˥ 。

樹　　無　　椏　，跌　　下　　來　做
su˥ mɔ˥ ka˩ ，tiet˩ ha˩ loi˥ tso˥

甕　　頸　。甕　　頸　　漏　，
aŋ˥ tɕiaŋ˥ 。aŋ˥ tɕiaŋ˥ lɤ˥ ，

裝　　穌　　豆　，穌　　　豆
tsoŋ˥ ts'u˥ t'ɤ˥ ，ts'u˥ t'ɤ˥

膨　，公　　公　　奶　奶　學
p'aŋ˥ ，kuŋ˥ kuŋ˥ ne˥ ne˥ hok˥

跳　　聖
t'iɔ˥ ɕaŋ˥

(B) 三 工 （sɑn˥ kuŋ˥）

木　　匠　　進　　門　　三　　工
muk˩ ɕioŋ˥˩ tɕin˥˩ mən˥˩ sɑn˥ kuŋ˥

燒　，泥　水　進　　門　　三
sɔ˥，ŋe˥˩ su˩ tɕin˥˩ mən˥˩ sɑn˥

工　　掃　，裁　　縫　　進　　門
kuŋ˥ sɔ˥˩，ts'ai˥˩ fəŋ˥ tɕin˥˩ mən˥˩

三　　工　　綃　，　櫥　官
sɑn˥ kuŋ˥ ɕiɔ˥˩，ts'u˥˩ kuon˥
（綃：縫紉）

進　　門　　三　　工　　攬　　，
tɕin˥˩ mən˥˩ sɑn˥ kuŋ˥ tɕiok˩，
（攬：在菜裡挑選）

報　　子　　進　　門　　三　　工
pɔ˥˩ tsɿ˥˩ tɕin˥˩ mən˥˩ sɑn˥ kuŋ˥

笑　，　差　　人　　進　　門
ɕiɔ˥˩，ts'ai˥˩ ɲin˩ tɕin˥˩ mən˥˩

三　　工　　叫　，
sɑn˥ kuŋ˥ tɕiɔ˥˩，
（叫：哭也。）

(C) 捉蛤蟆 （tsok˩ hɑ˥˩ mɑ˥）

捉　　蛤　　蟆　，打　　鏡　　鼓　，
tsok˩ hɑ˥˩ mɑ˥，tɑ˥ tɕin˥˩ ku˩，

捉　　到　　蛤　　蟆　　研　　石　　□
tsok ⌐ to ∨ ha ∧ ma ⌐ ŋan ⌐ sak ⌐ ku ⌐

，　研　　到　　蛤　　蟆　　眼　　鼓　　鼓
，ŋan ∨ li ∧ ha ∧ ma ⌐ ŋan ⌐ ku ⌐ ku ⌐

。

(D)　**太奶奶**（ t'e ⌐ ne ⌐ ne ∧ ）

太　　奶　　奶　，　鷄　　食　　穀　，
t'e ⌐ ne ⌐ ne ∧ ，kie ⌐ ɕit ⌐ kuk ⌐ ，

駝　　背　　老　　鼠　　打　　炮　　竹　，
to ∧ poi ∨ lɔ ⌐ ɕie ⌐ ta ⌐ pɔ ∨ tsuk ⌐ ，

礱　　穀　　悽　　嗟　，　飯　　期
luŋ ∧ kuk ⌐ tɕ'i ⌐ ts'e ⌐ ，fan ∨ tɕ'i ∨

奶　　奶　，　蒸　　茄　　耳　，　放
ne ∧ ne ⌐ ，tɕin ⌐ tɕ'io ∧ n̠i ∨ ，foŋ ∧

辣　　醬　，　噴　　香　　噴
lat ⌐ tɕioŋ ⌐ ，fut ⌐ ɕioŋ ∨ fut ⌐

香　，　噴　　噴　　香　。
ɕioŋ ∨ ，fut ⌐ fut ⌐ ɕioŋ ∨ 。

(二)　**謎　語**

生　　在　　山　　中　　葉　　□
sen ⌐ ts'ai ∨ san ⌐ tsuŋ ⌐ iet ⌐ t'ai ∧

　　□　死　在　家　中　布
　　t'ɑi ⋏ sɿ˩ ts'ɑi ⋎ kɑ ˥ tsuŋ ˥ pu ⋎

　　包　我　，　天　晴　穿
　　pɔ ˥ ŋɑi ⋏ ， t'ien ˥ tɕiɑŋ ⋏ ts'uon ˥

　　了　多　少　綾　羅　又　綢
　　liɑu ⋎ to ˥ sɔ ˩ lin ⋏ lo ⋏ iu ⋎ tɕiu ⋏

　　緞　，　落　雨　時　可　憐
　　t'uon ⋎ ， lok ˥ iu ˩ sɿ ⋏ ko ˩ lien ⋏

　　我　淚　洒　胸　懷
　　ŋɑi ⋏ lui ⋎ sɑi ˩ ɕiuŋ ˥ fɑi ⋏

（謎底：竹竿）

　　□　　□　　□　，□　進　櫃　，
　　me ⋎ me ⋎ me ⋎ ， me ⋎ tɕin ⋎ k'ui ⋎ ，

　　櫃　裡　一　張　刀　，　□
　　k'ui ⋎ li ⋏ it ˧ tsoŋ ˥ tɔ ˥ ， suot ˧

　　□　出　來　割　眉　毛　。
　　tɑ ⋎ ts'ut ˧ loi ˩ kuot ˧ mi ⋏ mɔ ˥ 。

（謎底：剃刀）

　　生　在　山　中　葉　婆
　　sen ˥ ts'ɑi ⋎ sɑn ˥ tsuŋ ˥ iet ˥ p'o ⋏

　　娑　死　在　家　中　變
　　so ˥ ， sɿ ˩ ts'ɑi ⋎ kɑ ˥ tsuŋ ˥ pien ⋎

鷄　　婆　，因　　爲　　我　　這
kie˥ p'o˩ ，in˩ vei˩ ŋo˥ ti˩

張　　嘴　不　　曉　　打　　了
˅ci，t'˥ tsoi˅ ŋ̍˅ ɕia˅ ta˥ iot˥

我　　幾　　多　　？
˥ŋai˥ tɕi˩ to˥

（謎底：木魚）

（三）　農　　諺

正月雷，二月雪，三月無水過田缺。

˩taŋ˥ ȵiot˥ lui˥ ，ȵi˅ ȵiot˥ ɕiot˩
，san˥ ȵiot˥ mo˥ sui˅ ko˅ t'ien˥
tɕ'iot˩ 。

清明種芋，穀雨種薑。

tɕ'in˥ min˥ tsuŋ˅ iu˅ ，kuk˩ iu˩
tsuŋ˅ tɕioŋ˥ 。

春社無雨莫耕田，秋社無雨莫種園。

ts'un˥ sa˅ mo˩ iu˩ mok˥ ken˥
t'ien˥ ，tɕ'iu˥ sa˅ mo˩ iu˩ mok˥
tsuŋ˅ ion˥ 。

春霧茫茫旱燥田，夏霧茫茫穩吊船，
秋霧茫茫旱死荔，冬霧茫茫雪滿天。

˥ts'un˥ vu˦ moŋ˩ moŋ˥ huon˥ tsɔ˥
˩t'ien˩ ，ha˦ vu˦ mon˩ mon˥ vun˩
˥ŋoŋ˩ ts'uon˩ ， tɕ'iu˥ vu˦ moŋ˩ moŋ˥
huon˩ sɿ˩ tit˥ ， tuŋ˥ vu˦ moŋ˩
moŋ˥ ɕiot˩ man˩ t'ien˥ 。

穀雨前，蒔半田，蒔夏禾，餵鷄婆。

kuk˩ iu˩ tɕ'ien˩ ，sɿ˦ puon˦ t'ien˩
， sɿ˦ ha˥ vo˩ ，vei˦ kie˥ p'o˩ 。

芒種火燒天，夏至雨綿綿。

moŋ˩ tsuŋ˩ fo˩ sɔ˥ t'ien˥ ，ha˦
tsɿ˦ iu˩ mien˩ mien˩ 。

芒種芒花開，夏至禾包胎。

moŋ˩ tsuŋ˩ moŋ˩ fa˥ k'oi˥ ，ha˦
tsɿ˦ vo˩ pɔ˥ toi˥

烏雲攔東，無雨無風。

vu˩ iun˩ lan˩ tuŋ˥ ，mo˩ iu˩ mo˩
fuŋ˥ 。

畜羊種薑，利息難當。

ɕiuk ˥ ioŋ ˩ tsuŋ ˩ tɕioŋ ˥ ，li ˩ ɕit ˥
nɑn ˩ toŋ ˥ 。

足不足，且看三個六。

tɕiuk ˥ put ˥ tɕiuk ˥ ，tɕ'iɑ ˩ k'uon ˩
sɑn ˥ kei ˥ tiuk ˥

(四)　鄉　　諺

嫁鷄黏鷄，嫁狗黏狗，嫁狐狸滿嶺走。

kɑ ˩ kie ˥ ȵien ˩ kie ˥ ，kɑ ˩ kɤ ˥
ȵien ˩ kɤ ˥ ，kɑ ˩ fu ˩ ti ˥ mɑn ˥
tiaŋ ˥ tsɤ ˥ 。

要一日無閒，請一桌客，要一年無閒，打場官司，要一世無
閒，討個小老婆。

iɔ ˩ it ˥ ȵit ˥ mo ˩ hɑn ˥ ，tɕ'in ˥
it ˥ tsok ˥ kak ˥ ，iɔ ˩ it ˥ ȵien ˩
mo ˩ hɑn ˥ ，tɑ ˥ ts'oŋ ˥ kuon ˥ sɿ ˥ ，
iɔ ˩ it ˥ sɿ ˩ mo ˩ hɑ ˥ ，t'o ˥ kei ˥
ɕie ˥ lɔ ˥ p'o ˩ 。

早飯早，叫化討唔倒，晝飯早，長工進作好，夜晚早，省油
省燈草。

tsɔ˥ fan˩ tsɔ˩ , kɔ˩ fa˩ t'ɔ˧ m˩ ˩tɔ

˩tɔ , tɕiu˩ fan˩ tsɔ˩ , ts'oŋ˧ kuŋ˥

˩tɔ , tɕiu˩ fan˩ tsɔ˩ , tɕin˩ tsok˥ ˩ɕh˩ , ia˩ fan˩ tsɔ˩ ,

saŋ˩ iu˧ saŋ˩ ton˥ ts'ɔ˩ 。

牀下有籮穀，死了有人哭，牀下一籮糠，死了沒人扛。

ts't˥ oŋ˧ ha˩ iu˧ lo˧ kuk˥ , sʅ˧ t'iɔ

˥ iu˩ ɲin˩ k'uk˥ , ts'oŋ˧ ha˩ it˥

lo˧ hoŋ˥ , sʅ˩ t'iɔ˥ mo˩ ɲin˩ koŋ˥

。

東虹日頭西虹雨，南虹刀槍北虹虎。

tuŋ˥ koŋ˥ ɲiet˥ t'ɤ˥ , ɕia˥ koŋ˥

iu˩ 。 nan˧ koŋ˥ tɔ˥ tɕion˥ , pet˥

koŋ˥ fu˩ 。

窮人一條龍，富人一條蟲。

tɕiuŋ˧ ɲin˧ it˥ t'iɔ˥ tiuŋ˧ , fu˩

ɲin˧ it˥ tsak˥ ts'uŋ˧ 。

七坐，八爬，九喚爸爸，十喚爺。

tɕ'it˥ tso˧ , pat˥ p'a˧ , tɕiu˩

huon˩ ta˥ ta˧ , ɕit˥ huon˩ ia˧ 。

麻□子，麻背□，各人子女各人惜。

ma ㄥ tia ㄱ tsำ ㄴ ，ma ㄥ poi ㄚ tɕia ㄐ ，

kok ㄐ ŋin ㄴ tsำ ㄥ ȵie ㄴ kok ㄐ ŋin ㄥ

ɕiak ㄐ 。

三　對話及故事

　　我今朝清早起來，沒精打采，因為昨夜晡唔曾歇好，本來我想歇下子眼，就碰到你來，我沒辦法，只好打起精神來應付你。現在我和你講瑞金的十得先生。

　　瑞金有兩種十得先生，一種是恭維人的，另一種是罵人的。恭維人的：

　　　　　　一手大字寫得，二方京戲唱得，

　　　　　　三杯大道飲得，四圍麻將打得，

　　　　　　五州大事懂得，六法全書曉得，

　　　　　　七言詩句做得，八行書信寫得，

　　　　　　九歸九除打得，十字街頭站得。

罵人的：

　　　　　　一付棺材識得，二個大人古拼得，

　　　　　　三牲用得，四個禮牲用得，

　　　　　　五海五素受得，六親吊孝來得，

　　　　　　七日八夜香火做得，八仙到了扛得，

　　　　　　九泉地下住得，十殿閻王見得。

　　又有喊我們老人家三得先生：

第一得要吃得下，

第二得要屙得出，

第三得要歇得著。

ŋai ˊ ꞓin ˥ tsɔ ˥ tꞓ'in ˥ tsɔ ˩ hoŋ ˥
loi ˩ ，mo ˊ ꞓin ˥ ta ˩ ts'ai ˩ ，in ˩ vei ˊ
tso ˩ ia ˩ pu ˊ ŋ ˊ ts'en ˥ ꞓiet ˩ hɔ ˩ 。
pun ˩ loi ˊ ŋo ˥ ꞓioŋ ˅ ꞓiet ˩ ha ˅ ŋan ˩ ，
tꞓ'iu ˅ om ˅ o ˊ p'uŋ ˅ cɔ ˅ ȵi ˥ loi ˩ ，ŋo ˅ mo ˊ
pan ˅ fat ˩ ，tsɿ ˊ hɔ ˩ ta ˊ ꞓh ˩ tꞓ'i ˩ ꞓin ˥
ꞓin ˊ loi ˊ in ˅ fu ˅ ȵi ˊ 。ꞓien ˅ ts'ai ˅
ŋai ˊ ten ˩ ȵi ˊ koŋ ˩ sui ˅ ꞓin ˥ kei ˥
ꞓit ˥ tet ˩ ꞓien ˥ sen ˥ 。

sui ˅ ꞓin ˥ iu ˊ tioŋ ˩ tsuŋ ˩ ꞓit ˥
tet ˩ ꞓien ˥ sen ˥ 。it ˩ tsuŋ ˩ hei ˅
kuŋ ˊ vei ˅ ȵin ˩ kei ˥ ，lin ˅ it ˩ tsuŋ ˩
hei ˅ ma ˅ ȵin ˊ kei ˥ 。kuŋ ˥ vei ˅ ȵin ˩
kei ˥ ：

it ˩ ꞓiu ˩ tai ˥ sɿ ˥ ꞓia ˅ tet ˩ ，
ȵi ˅ foŋ ˥ ꞓin ˥ ꞓi ˅ ts'oŋ ˅ tet ˩ ，
san ˥ pei ˥ t'ai ˅ t'ɔ ˅ in ˩ tet ˩ ，
sɿ ˅ ts'uon ˥ ma ˊ ꞓioŋ ˅ ta ˩ tet ˩ ，
ŋ ˊ ꞓiu ˥ t'ai ˅ sɿ ˅ tuŋ ˩ tet ˩ ，
luk ˩ fat ˩ tꞓ'ion ˊ su ˥ ꞓiɔ ˩ tet ˩ ，

　　tɕɐ'it ˩ n̠ien ʌ sʅ ˥ tɕiu ˅ tso ˅ tet ˩,

　　pat ˩ hoŋ ˥ su ˥ ɕin ˅ ɕia ˩ tet ˩,

　　tɕiu ʌ kui ˥ tɕiu ʌ ts'u ʌ ta ˩ tet ˩,

　　ɕit ˥ tsʅ ˅ ke ʌ t'ɤ ˩ tsan ˅ tet ˩。

ma ˅ n̠in ʌ kei ˅ :

　　it ˩ fu ˅ kuon ˥ ts'oi ʌ ɕit ˩ tet ˩,

　　lioŋ ˥ kei ˅ t'ai ˅ n̠in ʌ ku ˩ pin ˅

　　tet ˩,

　　san ˥ saŋ ˥ iuŋ ˅ tet ˩,

　　sʅ ˅ kei ˅ li ˥ saŋ ˥ iuŋ ˅ tet ˩,

　　ŋ̍ ʌ hoi ˩ ŋ̍ ʌ su ˅ ɕiu ˩ tet ˩,

　　liok ˩ tɕɐ'in ˥ tɕio ˅ ch ˥ loi ʌ tet ˩,

　　tɕɐ'it ˩ n̠it ˩ pat ˩ ia ˅ ɕioŋ ʌ fo ˩

　　tso ˩ t̀et ˩,

　　pat ˩ ɕien ˥ tɔ ˅ cit ˥ koŋ ʌ tet ˩,

　　tɕiu ˩ tɕɐ'ion ʌ t'i ˅ ha ˅ ts'u ˩ tet ˩,

　　ɕit ˥ t'ien ˅ ien ʌ voŋ ˥ tɕien ˅ tet ˩,

iu ˅ iu ʌ han ˅ ŋai ʌ pan ˥ lɔ ʌ n̠in ˩

k'a ˥ san ˥ tet ˩ ɕien ˥ sen ˥ :

　　t'i ˅ it ˩ tet ˩ : iɔ ˅ ɕit ˥ t'i ˅ ha ˅,

　　t'i ˅ n̠i ˅ tet ˩ : iɔ ˅ o ʌ tet ˩ ts'ut ˩,

　　t'i ˩ san ˥ tet ˩ : iɔ ˅ ɕiet ˩ tet ˩

　　　　　　　　　　ts'ok ˥ 。

聖 賢 愁

　　以前有一個人綽號叫聖賢愁，專門白吃人家，聖賢看到就愁。玉皇大帝聽到恁般聖賢看到他就會愁，所以就派李鐵拐、呂洞賓下凡間去查。於是，李鐵拐、呂洞賓就去訪，一訪就訪到聖賢愁，就問聖賢愁，恁般人家叫他聖賢愁。聖賢愁講，我專門騙人吃沒錢的東西。李鐵拐講，那好，今天我們請你吃飯。

　　於是三個人坐下來，一邊吃一邊講詩對，聖賢愁講，你兩個仙人先講。呂洞賓說好，我先講，我講"聖"字。

　　"耳口王，耳口王，杯中有酒我先嚐，

　　　有酒無肴難下嚥，割隻耳朵嚐一嚐。"

　　呂洞賓就割一隻耳朵放在盤子上。聖賢愁看到割耳朵，心裡在想，這下子要死了，只好講，現在李鐵拐講。李鐵拐講，我講"賢"字。

　　"臣又貝，臣又貝，杯中有酒我先醉，

　　　有酒無肴難下嚥，割隻鼻子配一配。"

　　聖賢愁一看糟糕，一個割耳朵，一個割鼻子，那我不是要挖眼珠，想一想只好說：

　　"禾火心，禾火心，杯中有酒我先斟，

　　　有酒無肴難下嚥，拔根毫毛表寸心。"

　　呂洞賓、李鐵拐講太不公平，聖賢愁講今天是碰到兩位仙人，要不是兩位仙人，我一毛都不拔。

ɕin ˅ ɕien ˥ tsʻɤ ˄

i 」 tɕ'ien ∧ iu ∧ it 」 kei ㄱ n̠in 」 ，
ts'ok 」 hɔ ∨ tɕiɵ ∨ ɕiɵ ∨ ɕien 」 ts'ɤ ∧ ，
tsuon ∧ mun 」 p'ak ㄱ ɕit ㄱ n̠in ∧ ka ㄱ ，
ɕin ∨ ɕien ∧ k'uon ∨ tɔ ∨ tu ㄱ ts'ɤ ∧ 。
n̠iuk ㄱ foŋ ∧ t'ai ∨ t'i ∨ t'in ㄱ tɔ ∨
n̠ioŋ ∨ pan ㄱ ɕin ∨ ɕien ∧ k'uon ∨ tɔ ∨
ku ㄱ tɕ'iu ∨ fat 」 ts'ɤ ∧ ，so 」 i ㄱ tɕ'iu ∨
p'ai ∨ ti ㄱ t'iet 」 kai 」 li 」 tuŋ 」 pin ㄱ
ha ∨ fan ∧ kan ㄱ ɕiu ∨ ts'a ∧ 。iu ∧ sʅ ∨ ，
ti ㄱ t'iet 」 kai 」 li 」 tuŋ 」 pin ㄱ tɕ'iu ∨
ɕiu ∨ foŋ 」 foŋ ∧ ，it 」 foŋ ∧ tɕ'iu ∨ foŋ ∧
tɔ ∨ ɕin ∨ ɕien ∧ ts'ɤ ∧ ，tɕ'iu ∨ mun ∨
ɕin ∨ ɕien 」 ts'ɤ ∧ ，n̠ioŋ ∨ pan ∧ n̠in ∧
ka ㄱ tɕiɔ ∨ ku ㄱ ɕin ∨ ɕien ∧ ts'ɤ ∧ ，ɕin ∨
ɕien ∧ ts'ɤ ∧ koŋ 」 ，ŋai ∧ tson ㄱ mun ∧
p'ien ∨ n̠in ∧ ɕit ㄱ mo 」 tɕ'ien 」 kei ㄱ
tuŋ ㄱ ɕi ㄱ 。li ㄱ t'iet 」 kai 」 koŋ 」 ，na ∨
hɔ 」 ，tɕin ㄱ t'ien ㄱ ŋai ∧ pan ㄱ tɕ'in 」
n̠i ∧ ɕit ㄱ fan ∨ 。

　　iu ∧ sʅ ∨ san ㄱ kei ㄱ n̠in ∧ ts'o ∨ ha ∨
loi ∧ ，it 」 pien ㄱ ɕit ㄱ it 」 pien ㄱ
tɕioŋ 」 sʅ ∧ tui ∨ ，ɕin ∨ ɕien 」 ts'ɤ ∧
tɕioŋ 」 n̠i ∧ tioŋ 」 kei ㄱ ɕien ∧ n̠in 」
ɕien ㄱ tɕioŋ 」 。li 」 tuŋ ∨ pin ㄱ suot 」

「ŋoiⱭ」，ŋai ⌐ ɕien ⌐ tɕiɔŋ ⌐，ŋai ∧ tɕiɔŋ」"
ɕin ∨ "ts1 ∨ ：

" 1 ɤ ⌐ k'ɤ ⌐ voŋ ∧，1 ɤ ⌐ k'ɤ ⌐ voŋ ∧，
pei ⌐ tsuŋ ⌐ iu ∧ tɕiu ⌐ ŋo ∧ ɕien ⌐
soŋ ∧，iu ∧ tɕiu ⌐ vu ∧ hɔ ∧ nan ∧ ha ∨
ien ∨，kuot ⌐ tsak ⌐ ȵi ∧ tok ⌐ soŋ ∧
it ⌐ soŋ ∧ 。"

li ⌐ tuŋ ⌐ pin ⌐ tɕ'iu ∨ kuot ⌐ it ⌐
tsak ⌐ ȵi ∧ tok ⌐ foŋ ∨ ts'ai ∨ p'an ∧ ts1 ⌐
soŋ ∨ 。ɕin ∨ ɕien ∧ ts'ɤ ∧ k'uon ∨ tɔ ∨
kuot ⌐ əɤ ∧ tok ⌐，ɕin ⌐ li ⌐ ts'ai ∨
ɕiɔŋ ⌐，ti ⌐ ha ∨ ts1 ∧ iɔ ∨ s1 ∨ liɔ ⌐，
ts1 ⌐ hɔ ⌐ tɕiɔŋ ⌐，ɕien ∨ ts'ai ∨ li ⌐
t'iet ⌐ kai ⌐ ȵi ∧ tɕiɔŋ ⌐ 。li ∧ t'iet ⌐
kai ⌐ tɕiɔŋ ⌐ "ɕien ∧ "ts1 ∨ ：

" tɕ'in ∧ iu ∨ pei ∨，tɕ'in ∧ iu ∨ pei∨，
pei ⌐ tsuŋ ⌐ iu ∧ tɕiu ⌐ ŋo ∧ ɕien ⌐
tsui ∨，iu ∧ tɕiu ⌐ vu ∧ hɔ ∧ nan ∧
ɕia ∨ ien ∨，kuot ⌐ tsak ⌐ p'i ∧ ts1 ⌐
p'i ∨ it ⌐ p'i ∨ 。"

ɕin ∨ ɕien ∧ ts'ɤ ∧ it ⌐ k'uon ∨ tsɔ ⌐
kɔ ⌐，it ⌐ kei ⌐ kuot ⌐ əɤ ∧ to ⌐，it ⌐
kei ⌐ kuot ⌐ p'i ∧ ts1 ⌐，kei ⌐ ŋai ⌐ put ⌐
s1 ∨ iɔ ∨ vak ⌐ ŋan ⌐ tsu ⌐，ɕiɔŋ ⌐ it ⌐

ɕioŋ ⌐ ，tsʅ ⌐ hɔ ⌐ tɕioŋ ⌐ ：

　"⌐ vo ∧ fo ⌐ ɕin ⌐ ，vo ∧ fo ⌐ ɕin ⌐ ，

　　pei ⌐ tsuŋ ⌐ iu ∧ tɕiu ⌐ ŋo ∧ ɕien ∧

　　tɕin ⌐ ，iu ∧ tɕiu ⌐ vo ∧ hɔ ∧ nɑn ∧

　　ɕiɑ ∨ ien ∨ ，p'ɑt ⌐ ken ∧ hɔ ∧ mɔ ∧

　　piɔ ⌐ ts'un ∨ ɕin ⌐ 。"

　liu ⌐ tuŋ ∨ pin ⌐ li ⌐ t'iet ⌐ kɑi ⌐

tɕioŋ ⌐ t'ɑi ∨ put ⌐ kuŋ ⌐ pin ∧ 。ɕin ∨

ɕien ∧ ts'ɤ ∧ tɕioŋ ⌐ ，tɕin ⌐ t'ien ⌐ hei ∨

p'uŋ ∨ tɔ ∨ lioŋ ⌐ vei ∨ ɕien ⌐ ȵin ∧ ，iɔ ⌐

put ⌐ sʅ ∨ lioŋ ⌐ vei ∨ ɕien ∧ ȵin ⌐ ，ŋo ∧

it ⌐ mɔ ∧ to ⌐ put ⌐ p'ɑt ⌐ 。

參考資料

丁邦新　如皋方言的音韻　史語所集刊第三十六本　頁 573-633　1966

王　力　中國語言學史　泰順書局　1972

　　　　漢語音韻　弘道文化出版社　1975

　　　　漢語史稿　泰順書局　1972

余直夫　奉新音系　藝文印書館　1975

周法高　中國語文研究　華岡出版部　1973

袁家驊　漢語方言概要　文字改革出版社　1960

高本漢　中國音韻學研究　商務印書館　1968

馬光宇　方言校釋　商務印書館　1970

董同龢　語言學大綱　中華叢書編審委員會　1964

　　　　漢語音韻學　學生書局　1972

　　　　華陽涼水井客家話記音　史語所集刊十九本　頁 81-201　1948

　　　　中國語言　中國文化論集第一集　頁 33-41　1953

　　　　近三十年的中國語言學　學術季刊第一卷第 4 期　頁 17-26　1953

　　　　聲母韻母的觀念和現代的語音分析理論　史語所集刊外編第四種　慶祝董作賓先生六十五歲論文集　頁 681-691　1961

　　　　——以上四文並見"董同龢先生語言學論文選集"（丁
　　　邦新編）食貨出版社　1976

楊時逢　南昌音系　史語所集刊第三十九本　頁125-204
　　　　1940

　　　　江西方言聲調的調類　史語所集刊第四十三本三分
　　　　頁403-432　1971

　　　　台灣美濃客家話　史語所集刊第四十二本三分　頁405
　　　　-465　1971

　　　　桃園客家話　史語所單刊甲種之二十二　1957

　　　　江西方言的內部分歧現象　史語所集刊第四十三本三分
　　　　1982

趙元任　語言問題　商務印書館　1968

　　　　方言記錄中漢字的功用　中研院院刊第一集　頁117-
　　　　128　1954

謝雲飛　中國聲韻學大綱　蘭台書局　1972

羅常培　臨川音系　史語所單刊之十七　1940

羅藹雲　客方言　中山大學國學院叢書　1922

羅香林　客家研究導論　古亭書屋　1950

方言調查字表　普林斯頓　根據中研院史語所調查字表改編
　　　　1970

方言調查簡表　語文出版社　1966

方言詞彙調查手冊　"Handbook of Chinese Dialect
　　　　Vocabuary"普林斯頓　1972

瑞金文獻　創刊號　1974

苗栗縣志　卷二人文志語言篇　頁41-166　　1969

Chang　Kun　　張琨

　　　　The　Developoments　among　Chinese

　　　　Dialects　史語所集刊第四十六本第四分

Egerod　Søren　易家樂

　　　　A　Sampling　of　Chungshan　Hakkas

　　　　慶祝高本漢先生七秩壽辰文彙　1959　頁36-54

　　　　1959

Hashimoto　M.　J.　　橋本萬太郎

　　　　The　Hakka　Dialect　,　Cambridge

　　　　University　Press　1973

Kevin　A.　O'connor

　　　　Proto　Hakka　　アジアアフリカ言語文化研究

　　　　1976

Li　Fang-Kuei　李方桂

　　　　Languages　and　Dialect　of　China　,

　　　　Chinese　Year　Book　1973

Robert　T.　Harms

　　　　Introduction　to　Phonological　Theory

　　　　虹橋　1971

Ronald　W.　Langacker

　　　　Language　and　its　Structure　　虹橋

　　　　1974

Victoria　Fromkin　&　Robert　Rodman

An Introduction to Language　地球出版
社　1974
Yang , Paul Fu-Mien　楊福綿
Elements of Hakka Dialectology ,
Monumenta Serica Vol. XXVI PP. 305
- 351　1967

瑞金方言 ／羅肇錦著 -- 臺北市：臺灣學生，民 78

4,194 面；21 公分 --（中國語文叢刊；12）

附錄：詞彙等 3 種

參考書目：面 191-194

ISBN 957-15-0027-5（精裝）：新臺幣 180 元 -- ISBN
957-15-0028-3（平裝）：新臺幣 130

1.中國語言 - 方言 - 江西省瑞金縣　2.客家語　I. 羅肇
錦著

802.5238/8537

瑞 金 方 言（全 一 冊）

著作者：羅　　　肇　　　錦

出版者：臺　灣　學　生　書　局

本書局登記證字號：行政院新聞局局版臺業字第一一〇〇號

發行人：丁　　　文　　　治

發行所：臺　灣　學　生　書　局

臺北市和平東路一段一九八號
郵政劃撥帳號〇〇〇二四六六～八號
電　話：3 6 3 4 1 5 6
FAX:(02)3636334

印刷所：淵　明　印　刷　廠

地　址：永和市成功路一段43巷五號
電　話：9 2 8 7 1 4 5

香港總經銷：藝　文　圖　書　公　司

地址：九龍又一村達之路三十號地下
後座　電話：3—8 0 5 8 0 7

定價　精裝新台幣一八〇元
　　　平裝新台幣一三〇元

中 華 民 國 七 十 八 年 十 一 月 初 版

80241　版權所有・翻印必究

ISBN 957-15-0027-5（精裝）
ISBN 957-15-0028-3（平裝）